Das Buch

Italien während der Renaissance. Kaum sind Doktor Faustus, sein Schüler Wagner und das mysteriöse Engelsmädchen Angelina aus den Kerkern Venedigs entkommen, setzen sie ihren Weg nach Rom fort. Auf dem Bauplatz des Petersdoms geraten sie in ein Netz aus Verrat und Gewalt. Der dämonische Borgia, einst der verruchteste unter den Päpsten des Mittelalters, schart seine Getreuen um sich. Papst Leo und seine Kardinäle sind machtlos. Ein rätselhafter Hinweis bringt Faustus und seine Gefährten auf die Spur der lebenden Dreifaltigkeit: Vater, Sohn und Heiliger Geist scheinen in Menschengestalt in der Stadt umzugehen. Faustus begibt sich auf die Suche nach einem Gott – und nach der Lösung des Rätsels um den Zug der Erleuchteten, in dessen Verlauf der Borgia einst wehrlose Kinder nach Rom verschleppen ließ. Damals waren sie einfache Jungen und Mädchen, doch heute sind sie die stärkste und machtvollste Waffe des Vatikans – die Engelskrieger.

Der Autor

Kai Meyer, Jahrgang 1969, hat als Drehbuchautor und Journalist gearbeitet. Er hat bereits durch einige historische Romane auf sich aufmerksam gemacht: *Der Rattenzauber* (01/10524), *Das Gelübde* (01/10654), *Der Schattenesser* (01/10780), *Die Alchimistin* (01/10842). Der Doppelband *Dr. Faustus* (01/13099) mit den Romanen *Der Engelspakt* und *Der Traumvater* beinhaltet die ersten Bände der Trilogie um den sagenhaften Doktor Faustus, deren dritter Teil mit diesem Roman nun vorliegt.

KAI MEYER

DIE ENGELSKRIEGER

Roman

WILHELM HEYNE VERLAG
MÜNCHEN

HEYNE ALLGEMEINE REIHE
Nr. 01/13057

Umwelthinweis:
Das Buch wurde auf
chlor- und säurefreiem Papier gedruckt.

Redaktion: Birgit Groll

Originalausgabe 9/2000

Printed in Germany 2000
Umschlaggestaltung: Hauptmann und Kampa Werbeagentur, CH-Zug,
unter Verwendung des Gemäldes ›Die Flucht nach Ägypten‹
von Adam Elsheimer, 1609
Satz: Pinkuin Satz und Datentechnik, Berlin
Druck und Bindung: Elsnerdruck, Berlin

ISBN 3-453-17195-0

http://www.heyne.de

Prolog

Dies ist meine Geschichte.

Ich heiße Christof Wagner, ein Name, den Ihr Euch merken solltet. Einstmals war ich Student der Theologie an der hohen Schule zu Wittenberg, später meines Zeichens Adlatus des Weisesten der Weisen, des Größten der Großen, des Wunderbarsten der … nun, Wunderbaren.

Kurz gesagt, ein Zauberlehrling im Dienste eines gestrengen Meisters.

Ihr wundert Euch: Ist dies denn nicht die Geschichte des sagenhaften Doktor Faustus, die Chronik des Vortrefflichsten aller Astrologen, Chiromanten, Aeromanten, Geomanten, Pyromanten und Hydromanten? Die Saga jenes Mannes, der sich selbst den Quellbrunn der Nekromanten nannte, den Zweiten unter den Magiern?

Nun, er spielt unzweifelhaft eine gewisse Rolle in meinen Berichten, ebenso wie … aber nein, zu ihr will ich später kommen.

So habt Ihr also dies Buch aufgeschlagen, in der Hoffnung, hierin vieles über den legendären Doktor Faustus zu finden, farbenprächtige Abenteuer mit Schwert und Zauberei, voll wagemutiger Heldentaten, höfischer Sitte (und Unsitte, gesteht es ruhig!), Hexenwerk und draller Maiden. Ich kenne Euch nur allzu gut. Das Blut muss fließen. Die Klingen klirren. Die Brüste wippen.

Habt nur ein wenig Geduld. Eile mag angebracht sein in mancher Lage, in die ich an der Seite meines Meisters geriet, doch nicht so beim Lesen einer Geschichte. Was treibt Euch, dass Ihr diese meine Vorrede am liebsten überblättern mögt? Hah, ich hab's Euch schon gesagt, und ich tue es noch einmal: Ich *kenne* Euch!

So beginnt doch endlich, Meister Wagner! wollt Ihr rufen. *Lasst Euer eitles Geschwafel und erzählt uns von des Faustens tollen Taten!*

Ihr glaubt, ich sei ein rechter Gockel! Gewiss, das war ich wohl, damals, in jenen Zeiten, von denen ich Euch berichten will (und mehr noch später, als der gute Doktor mir all seinen Besitz vermachte und ich mich als reicher Mann wieder fand, unwiderstehlich für die Weibsbilder, selbst heute noch, im hohen Alter. Habe ich Euch schon von jener Nacht am Hofe Karls des Fünften erzählt, von jenen zwölf Kurtisanen, die nicht genug bekommen konnten vom Feuer meiner Lenden? Ich erwähnte es schon? Nun, vielleicht komme ich später erneut darauf zurück, falls mir danach ist, Euch mit *wahrem* Heldentum zu verwöhnen!)

Erinnert Ihr Euch, wie mein letzter Bericht zu Ende ging? Ich und meine beiden Begleiter ritten durch das Wiesenland der Lausitz, noch matt vom Kampf um die Schlangenkrone. Unser Ziel war Rom, fern im Süden, um dort das Geheimnis der Borgia-Engel zu lösen. Endlich, möchte ich sagen. Schon viel früher hatten wir dort sein wollen, wäre uns nicht diese leidige Versammlung von Vogelscheuchen im Schloss des Schlangenkönigs in die Quere gekommen.

Man hat mich gefragt, weshalb ich Euch mit dieser Geschichte belästigt habe, wolltet Ihr doch viel lieber wissen, was aus den Engelskriegern geworden ist. Denn was tat ich? Lenkte Euch ab mit dem Treiben des Traumvaters, tief im Land der Sorben, irgendwo hinter den Wäldern.

Nun, bald werdet Ihr womöglich klarer sehen. Gebt Acht, und Ihr werdet die Zusammenhänge verstehen.

Mein Meister, der hochverehrte Doktor Faustus, ward erzogen auf der hohen Schule zu Ingolstadt (*kein* Vergleich mit der zu Wittenberg, möchte ich bescheiden erwähnen). Dort lehrte man ihn die Medizin, Astronomie und Astrologie, doch nichts davon vermochte ihn wahrlich zu begeistern. Vielmehr interessierten ihn die Schwarzen Künste – das Handwerk des Teufels, wie mancher verächtlich meinen mag. Als sein reicher Vormund starb, vererbte er Faustus ein beträchtliches Vermögen. Leider nicht beträchtlich genug, denn bald schon war alles verprasst. Meinen Meister zog es daraufhin hinaus ins Land, er reiste von Stadt zu Stadt, von Hof zu Hof, verdingte sich mal auf Jahrmärkten, mal in Fürstenhallen. Die adligen Dummschwätzer mochten ihn, schmierte er Ihnen doch in seinen Weissagungen genug Honig ums Maul, dass sich ihre Börsen wie von selbst aufschnürten.

Aber auch das gemeine Volk schätzte Faustens Können. An einem Tag heilte er Kranke unter dem Titel eines Doctor Medicinae, am nächsten erheiterte er die Menschen als Zauberkünstler. Und so hätte es weitergehen können für meinen Herrn, wäre ihm nicht die Kirche auf die Schliche gekommen. Die Inquisition setzte sich auf seine Fährte, und so begann alsbald eine wilde Hetzjagd auf und ab durchs Land.

Schließlich, im Frühjahr des Jahres 1515, tappte er in die Falle seines Erzfeindes, des berüchtigten Hexenjägers Konrad von Asendorf. Mir, dem unwissenden Studenten, fiel es zu, ihn aus der Gefangenschaft zu retten – nachdem ein unbekanntes Mädchen mit verbrannten Gesichtszügen ihn vor dem Scheiterhaufen bewahrt hatte. Und ich erklärte mich bereit, ihm auch weiterhin beizustehen, mit meiner mächtigen

Schwerthand, meinem gewitzten Verstand, den Augen eines Falken, der Kraft des Bären und dem Mundwerk eines Bänkelsängers. Viel Überzeugungskraft war nicht nötig, ehe ich mich schließlich herabließ, in seine Dienste zu treten. Erst zögernd, dann wohl begieriger lernte ich von ihm die Geheimnisse der Schwarzen Kunst, um dereinst selbst ein Meister der magischen Macht zu werden.

(Ich will ehrlich sein, mein staunender Leser: Des Doktors Können hatte seine Grenzen. Vieles wagte er, probierte er aus, machte Versuche – doch längst nicht alles gelang. Endlos ist die Reihe seiner Missgeschicke, von kleinen Fehlern bis hin zu großen Katastrophen. Einmal wuchs mir ein Wolfsfell auf dem Rücken, ganze drei Wochen lang, ehe mein Herr den rechten Gegenzauber fand. Ein anderes Mal fand ich des Abends beim Ausziehen sechs Zehen an meinem rechten Fuß. Glaubt mir, in meiner Wut hätte ich ihn allzu gern spüren lassen, wie sich ein solcher Schreckenstreter im Gesäß anfühlt – doch schon am nächsten Morgen war das Ding verschwunden, weiß der Teufel, wie er's gemacht hat.)

Nach unserer gemeinsamen Flucht aus dem Wittenberger Kerker zogen wir umher, wurden Zeugen, wie der schreckliche Asendorf von rachsüchtigen Gauklern fast zu Tode gefoltert wurde – und wir trafen Angelina.

Oh, Angelina …

Im Jahre 1502, als sie noch ein kleines Kind war, wurde sie von den Schergen des Borgia-Papstes Alexander nach Rom verschleppt. Aus den Ländern des Nordens ließ er Jungen und Mädchen entführen, alle blauäugig, alle mit weißblondem Haar. Der Borgia war dem Wahn verfallen, wahre Engel aus ihnen zu machen, Krieger des Herrn, ohne Furcht, perfekt und gnadenlos. Alexander starb schon im Jahr darauf, 1503, hingerafft von den Folgen seiner gottlosen Ausschweifungen, den zahllosen Orgien und Schwarzen Messen in den Hallen des Papstpalasts. Sein Plan aber wurde von seinen Nachfolgern im Geheimen fortgeführt. In tiefen Gewölben bildete man die Kinder zu Kämpfern aus, flink und grausam und ohne Fehl. Sie vergaßen die Sprachen ihrer Heimatländer und erlernten das Lateinische. Man erzog sie in dem Glauben, sie seien *echte* Engel, herabgesandt von Gott, um seinem Statthalter auf Erden zu Diensten zu sein.

Angelina war eine von ihnen, eine von sieben, die nach Jahren schließlich ausgesandt wurden, alle Spuren ihrer Herkunft zu verwischen. Sie töteten die Priester, die sie einst den Häschern Alexanders' zugeführt hatten, und sie brannten ihre Kirchen nieder. Doch dann geschah es, dass Angelina Faustus vor dem Feuer der Inquisition bewahrte und dafür von ihren Brüdern und Schwestern verstoßen wurde. Sie fügten ihr eine tiefe Wunde auf dem Rücken zu, geformt wie eine römische Fünf, und sie ließen sie halb tot am Wegesrand liegen, mit verbranntem Gesicht vom misslungenen Anschlag auf die Kirche zu Wittenberg. Entstellt, verstümmelt und stumm – für immer zum Schweigen gebracht von den Flammen, die ihre Züge verheert hatten.

So wurde sie gefunden, von Lady Lara und ihren Gauklern, die sie wiederum Faustus und mir anvertrauten. Angelina war das zarteste, geschickteste und tödlichste Geschöpf, dem ich je begegnet bin. Die Narbenwüste ihres Gesichts erschreckte die meisten Menschen, deshalb trug sie in Gesellschaft eine Ledermaske und legte sie nur ab, wenn sie mit mir oder dem Meister alleine war.

Faustus und ich leisteten den Eid, das Geheimnis um die Engelskrieger des Borgia-Papstes zu lüften. Was bezweckte Alexander mit dieser Heerschar? Und was bewegte seine Nachfolger, nicht davon abzulassen?

Wir schworen uns, Antworten auf diese Fragen zu finden.

Wir schworen, Angelinas Rätsel zu lösen.

Wir gingen nach Rom.

Kapitel 1

Wie Hammerschläge hieben Hagelkörner auf die Bleidächer des Dogenpalastes und erfüllten unsere Kerkerzelle mit ohrenbetäubendem Lärm. Es war kalt, viel kälter, als wir erwartet hatten, und die groben Decken, die man uns durch die Zellentür zugeworfen hatte, vermochten den Frost kaum abzuhalten.

Es hagelte, es war eiskalt – und das im späten Frühjahr. Dies war vielleicht das wunderlichste aller Wunder dieser Reise.

Venedig, dachte ich. *Hier also soll es enden.*

Es war einer der Einfälle des Meisters gewesen, natürlich. Auf der Durchreise wollte er in Venedig Station machen, um in einem geheimen Laden im Sestiere San Polo eine Reihe mysteriöser Ingredienzen zu besorgen. Ein wahrlich überwältigender Vorschlag – wurden wir doch, kaum dass wir unsere Gondel verlassen hatten, in Ketten gelegt und in die Kerker des Dogenpalastes verschleppt. Man sperrte uns in eine Zelle unter den Bleidächern des Palastes, eines der gefürchtetsten Gefängnisse weit und breit. Eng, niedrig, im Sommer von drückender Hitze und im Winter eine Eishölle, gab es kaum einen Ort, der die Menschen schon bei der schieren Erwähnung derart schaudern ließ. Aus den Bleikammern des Dogen gab es kein Entkommen, jeder wusste das, und man vermag sich vorzustellen, wie es um unsere Stimmung stand.

Die Zelle war mit Holz ausgekleidet, das einzige Fenster vergittert. Die bleierne Dachschräge über unseren Köpfen hätte um diese Jahreszeit eigentlich heiß sein müssen wie eine Ofenplatte, erhitzt von den Strahlen der Sonne, die gnadenlos auf die riesige Bleifläche herabbrannte. Doch statt Hitze herrschte dort draußen klirrende Kälte, und das bereits einen ganzen Tag lang. Der Wetterumschwung war so plötzlich wie sonderbar gewesen, und der peitschende Hagel beschwor Visionen vom Untergang der Welt herauf.

Faustus nahm auch dies äußerlich gelassen hin, obwohl ich ihm ansah, dass er insgeheim ebenso beunruhigt war wie ich selbst. Er ging langsam und nachdenklich in der Zelle auf und ab. Immer wieder musste er dabei den Kopf einziehen, denn mein Meister war ein großer Mann, höher gewachsen als die meisten, die ich kannte. Er trug seinen langen schwarzen Mantel, und schwarz war auch sein langes Haar. Die meisten, die von ihm gehört hatten, hielten ihn für einen alten Mann; umso erstaunter waren sie, wenn sie ihm begegneten, denn Faustus zählte schwerlich mehr als fünfunddreißig Jahre. Sein langes, schmales Gesicht war schneeweiß. Eine ungesunde Erscheinung, zweifellos. Aber sein Körper war gesund und flink, und sein Geist ... ich muss wohl kaum von seinem Geist sprechen. Bei allen Missgeschicken, die ihm im Verlauf seiner Versuche passierten, konnte es doch kein Verstand mit dem seinen aufnehmen. Schon früh war ich zu dem Schluss gekommen, dass es nicht sein Pakt mit überirdischen Mächten war, den die Herrschenden und vor allem die Kirche fürchteten, sondern vielmehr die Klugheit und Weisheit, mit der er seine seltsamen Ziele verfolgte.

»Hagel«, murmelte er leise und gewiss nicht zum ersten Mal, seit das Trommeln auf den Bleidächern eingesetzt hatte. »Hagel um diese Jahreszeit. Ein Rätsel, ganz zweifellos.«

Angelina, die mir gegenüber am Boden saß, mit

angezogenen Knien, den Rücken gegen die Holzwand gelehnt, verdrehte die Augen. Sie waren von einem strahlenden Hellblau und, neben ihren Lippen, die einzigen Teile ihres Gesichts, die nicht von den Flammen verstümmelt worden waren. Ihr haarloser Kopf war von Brandnarben überzogen, nach all den Monden nicht mehr ganz so dunkel und schuppig wie damals, als wir ihr erstmals begegnet waren. Ihre Ledermaske hatte sie abgenommen und an ihrem Gürtel befestigt. Sie trug ein helles Leinenhemd, darunter enge Reithosen und Stiefel.

»Mit Verlaub, Meister«, sagte ich, »aber sollten wir uns nicht lieber die Frage stellen, wie wir hier wieder herauskommen?«

Faustus blieb stehen und schaute mich an, fast ein wenig verwirrt, so als hätte ich ihn aus tiefen Gedanken gerissen. »Es hagelt, Wagner! *Das* ist ein Geheimnis, das sich zu lösen lohnt.«

»Wir werden nicht viel Freude an der Lösung haben, wenn uns erst die Inquisition in die Mangel nimmt.« Als man uns hier heraufgebracht hatte, waren wir am Eingang der Folterkammer vorbeigegangen. Faustus mochte dem keine allzu große Bedeutung beimessen, aber mir schlotterten schon die Knie beim bloßen Gedanken an glühende Stahlzangen und Streckbänke, an ausgerissene Fußnägel und zertrümmerte Zähne.

»Hagel im Sommer ist immer ein Zeichen von etwas Übernatürlichem, Wagner«, erklärte Faustus im Tonfall eines Scholaren. Er liebte es, in den unpassendsten Momenten über die abwegigsten Themen zu dozieren. »Ich wüsste zu gerne, wie groß die Hagelkörner sind.« Damit wirbelte er herum und eilte mit zwei raschen Schritten ans Zellenfenster, presste das Gesicht an die Gitterstäbe und versuchte, einen guten

Blick nach draußen zu erhaschen. Nach einem Moment wandte er sich wieder um und sagte zu niemand Bestimmtem: »Groß wie Kirschkerne. Hm …«

Angelina und ich wechselten einen Blick. Ihr verbranntes Gesicht war vollkommen starr, wie aus Lehm geformt. Doch auch ohne jede Mimik konnte ich die Fassungslosigkeit in ihren Augen lesen. Mittlerweile hatte ich Übung darin.

Ich wandte mich wieder an meinen Meister. »Erlaubt mir dennoch, Herr, noch einmal auf unsere größte Sorge zurückzukommen.« Ich versuchte wie immer, höchst diplomatisch zu ihm zu sprechen. Es hatte keinen Zweck, ihn in unserer Lage wütend zu machen. »Wir sind jetzt seit drei Tagen Gefangene, und es kann nicht mehr lange dauern, ehe sich die Inquisition unserer annimmt.«

»Es wäre in der Tat angebracht, diesen ungastlichen Ort zu verlassen«, stimmte er mir zu. Mit seiner Ruhe konnte er einen schier zur Verzweiflung bringen.

»Und wie sieht Euer Plan aus?«

»Welcher Plan?«

Ich schluckte. »Gewiss habt Ihr doch einen, oder?«

Faustus seufzte, trat auf mich zu und packte mich an den Schultern. »Gelegenheiten, Wagner … Die Kunst der Flucht ist die Kunst des geduldigen Wartens auf eine Gelegenheit.«

Ich sah ihn aus großen Augen an. »Heißt das, wir … warten? Sonst nichts?«

Mein Meister hob die rechte Hand und streckte den Zeigefinger aus. »Horch!«, verlangte er. »Horch auf den Hagel. Er ist der Vorbote von etwas anderem. Das ist er immer. Irgendwo, ganz in der Nähe, geschieht etwas.«

»Etwas?«, fragte ich zweifelnd.

Er nickte. »Etwas, das uns helfen mag.« Er ließ

mich los und ging vor Angelina in die Hocke. »Wir *gehen* nach Rom«, sagte er eindringlich. »Vertrau mir.«

In seiner Stimme lag ein Mitgefühl, das mich erstaunte. Meist hatte er nur seine eigenen Dinge im Kopf und kümmerte sich nicht weiter um das, was Angelina oder mich selbst beschäftigte. Insofern war es überraschend, dass er jetzt Angelinas Hand ergriff und aufmunternd drückte.

War der Stich, den ich bei diesem Anblick verspürte, etwa Eifersucht? Ich atmete tief durch, in der Hoffnung, damit meine Sinne zu klären. Vergeblich. Der Anblick von Faustus, der Angelinas Hand hielt, ging mir durch und durch. Und das, obwohl zwischen ihr und mir nicht mehr geschehen war als ein Kuss im Schloss des Schlangenkönigs und verstohlenes Aneinanderkuscheln in kalten Nächten.

Ich räusperte mich und trat ans Fenster, blickte über die Dächer Venedigs, gefangen in einem vagen, wirbelnden Grau aus Eis. Hinter mir richtete Faustus sich auf, begann wieder, in der Zelle auf und ab zu gehen.

Eine zarte Hand legte sich auf meine Schulter. Angelina war vollkommen lautlos herangehuscht, schnell und still wie ein Schatten. Ich drehte mich zu ihr um. Wenn ich in ihre blauen Augen blickte, schien die Narbenwüste ihrer Züge zu zerfasern wie Nebel; manchmal glaubte ich dann, ihr altes Ich zu sehen, das schlanke, blonde Mädchen, das von den Häschern des Vatikans zur Kriegerin erzogen worden war, so schön wie verbissen.

Als hätte sie meine Gedanken gelesen, brachte sie ihre Lippen ganz nah an mein Ohr, öffnete und schloss sie, als würde sie mir etwas zuflüstern, auch wenn kein Ton aus ihrer Kehle drang. Es war kein Kuss, ihr Mund berührte mich nicht, und doch lag in dieser kleinen Geste so viel Vertrautheit und Wärme, dass ich meine Eifersucht auf einen Schlag vergaß. Am liebsten hätte ich sie in die Arme genommen, und vielleicht, nur vielleicht, hätte ich es *diesmal* tatsächlich gewagt –

– wenn nicht im selben Moment die Zellentür aufgeflogen wäre. Mit einem Krachen schepperte der Türflügel gegen die Wand. In der ganzen Kammer rieselte Staub aus den Fugen der Holzbohlen.

Ein Wächter stand mit gezogenem Schwert im Türrahmen, sein Blick suchte Faustus. Hastig sagte er etwas auf Italienisch. Ich verstand kein Wort, bemerkte aber, dass sowohl mein Meister als auch Angelina aufmerksam zuhörten.

Faustus wirkte überrascht. Er entgegnete etwas.

»Ist es soweit?«, fragte ich krächzend. »Holen Sie uns ab zur Folter?«

Angelina schüttelte den Kopf, horchte dann wieder auf das, was der Wächter sagte. Faustus deutete auf uns beide, und der Wachmann nickte widerwillig.

Im selben Moment erklang in den Tiefen des Kerkers ein entsetzliches Kreischen, wie von einem Menschen in höchster Qual und Verzweiflung.

»O Gott«, murmelte ich beklommen. »O Gott, O Gott, O Gott …«

»Keine Angst«, sagte Faustus an mich gewandt. »Sie werden uns nicht foltern. Noch nicht. Aber wir sollen mitkommen. Der Kerkermeister braucht meine Hilfe.«

»Eure … Hilfe?«

»Zumindest behauptet das der Wachmann. Offenbar gibt es hier einen Besessenen, und kein Mensch ist da, der mit ihm fertig wird. Den Palastpfaffen hat er niedergeschlagen.«

»Und nun sollt *Ihr* Euch damit abgeben?«

Faustus hob erneut den Finger, horchte wieder auf

den Hagel und lächelte. »Wie ich schon sagte: Etwas geschieht. Vielleicht können wir einen Handel vereinbaren.«

Wir verließen die Zelle und folgten dem Wächter den Gang hinunter. Zwei weitere Wachmänner schlossen sich uns an, blieben mit wenigen Schritten Abstand hinter uns. Aus den Türluken der Nachbarzellen starrten verhärmte Gesichter, Nobili, venezianische Adelige, die vorzugsweise hier oben eingesperrt wurden. Wir durften uns beinahe glücklich schätzen, ausgerechnet hier gelandet zu sein. Die Bleikammern waren das Gefängnis der Hochgestellten, während arme Schlucker in den unteren Verliesen des Palastes verschwanden. Was die Venezianer freilich bewogen hatte, uns drei an diesem Ort einzukerkern, war mir ein Rätsel. Wir besaßen kein Geld und keine Titel, und die Anklage war unmissverständlich: Paktieren mit dem Teufel, Ausübung von schwarzer Magie und – zumindest das war ein Irrtum – Unzucht mit Geißböcken. Man muss sich in der Tat einiges sagen lassen als Zauberlehrling.

Der Wachmann führte uns um eine Ecke, wo auf der rechten Seite eine der Zellen offen stand. Aus ihr ertönte das jämmerliche Kreischen und Zetern.

Gerade wollten wir die Kammer betreten, als uns eine Gestalt in Schwarz entgegentaumelte, gegen Faustus rempelte und mit dem Rücken gegen die andere Seite der Korridorwand prallte. Dort sackte der Mann zu Boden. In seine aufgerissenen Augen lief Blut aus einer Platzwunde auf seiner Stirn. Sein Haar war wirr und zerzaust, seine Stimme heiser, als er immer wieder lateinische Bruchstücke des Vaterunsers aufsagte und dabei ein Kreuzzeichen nach dem anderen schlug.

Ich warf einen Blick durch die offene Zellentür und

sah einen Pulk von vier Soldaten, die sich um ein schreiendes Menschenbündel am Boden scharten und uns den Rücken zuwandten. Von dem Besessenen war nicht mehr zu erkennen als der Stoff eines langen Gewandes, während er wild mit Armen und Beinen um sich schlug und von den Wachmännern mit langen Stöcken in Schach gehalten wurde.

Faustus sprach den Priester in unserer Sprache an, wohl, wie ich dankbar erkannte, damit auch ich verstand, was gesagt wurde.

»Wer ist der Mann?«

Der Pfaffe fuhr fort in seinem keuchenden Gebet, atemlos und verstört. Er gab keine Antwort.

Faustus beugte sich vor und packte den Geistlichen am Oberarm. »Wer – ist – der – Mann?«, wiederholte er, indem er jedes Wort betonte.

Die Augenlider des Priesters flackerten, dann klärte sich sein wirrer Blick ein wenig, und er schien Faustus erstmals deutlich wahrzunehmen. Zu unserem Glück erkannte er ihn nicht, sonst hätte er gewiss gleich weitere Kreuzzeichen geschlagen.

»Ein ägyptischer Gesandter«, brachte er stoßweise hervor. »Man hat ihn vor einigen Tagen der Spitzelei überführt.«

»Ein Ägypter?«, knurrte Faustus. »Das ist interessant.«

»Er ist des Teufels!«, entfuhr es dem Pfaffen.

»Was bringt Euch zu diesem Schluss?«

Der Priester starrte meinen Meister an, als hätte dieser etwas ganz und gar Verrücktes gesagt. »Was mich zu …? Mit Verlaub, seid Ihr denn taub?«

»Ihr glaubt, er sei vom Teufel besessen, nur weil er schreit? Vielleicht hat er Schmerzen.«

»Der Teufel verursacht jedem Schmerzen, der mit ihm im Bunde ist.«

»So?« Die Mundwinkel des Meisters zuckten amüsiert. »Nun, Ihr seid Priester, Ihr solltet es wissen, nicht wahr?«

»Wollt Ihr mich verhöhnen? Wer seid Ihr überhaupt?«

»Doktor Johannes Faustus.«

Der Pfaffe stieß einen spitzen Laut aus, stieß Faustus von sich und stolperte den Gang hinunter. Er rief eine Kette von Flüchen in seiner Heimatsprache, dann war er hinter der nächsten Ecke verschwunden. Auch in der Ferne hörten wir sein aufgebrachtes Brüllen und Zetern, eine höchst unorthodoxe Mischung aus Gebeten und Verwünschungen.

»Ihr habt wie immer eine erstaunliche Wirkung auf den Klerus«, bemerkte ich.

Faustus wandte sich mit einem Seufzen zur Zelle um, wo sich jetzt einer der Soldaten aus dem Pulk gelöst hatte und auf uns zukam. Auch er sprach unsere Sprache, was mich angesichts seiner ungeschlachten Züge erstaunte.

»Ich bin der Kerkermeister«, sagte er. »Ihr seid Faustus?« Es war eine überflüssige Frage, doch trotz all seiner Größe und Muskelkraft verunsicherte ihn die Anwesenheit meines Meisters mehr als er zugegeben hätte. Er war nur ein Soldat, augenscheinlich mit einer gewissen Bildung, aber das Gesicht des Okkulten und vermeintlich Teuflischen machte ihm Angst, zumal hier, in seinem Allerheiligsten, den Bleikammern des Dogen.

»Ich bin Faustus«, bestätigte mein Meister. »Seit wann gebärdet der Mann sich so?«

Einen Augenblick lang schien der Kerkermeister unsicher, ob Faustus mit dieser Frage den Besessenen oder den verstörten Pfaffen meinte. Dann aber sagte er: »Erst seit kurzer Zeit. Er ist vor drei Tagen festgenommen worden, nur wenig später als Ihr selbst. Bis vorhin benahm er sich wie jeder andere Gefangene auch. Dann aber begann er zu brüllen, erst auf Ägyptisch, wie mir schien, dann auf Lateinisch und schließlich in einem seltsamen Kauderwelsch. Vielleicht könnt Ihr es verstehen.«

Faustus hob eine Augenbraue. »Ihr denkt, es ist die Sprache des Teufels – und da glaubt Ihr, ich könnte sie verstehen?«

Der Kerkermeister war im Grunde seines Herzens wohl kein schlechter Kerl, denn der Vorwurf meines Meisters traf ihn sichtlich. »Ich habe Euch nicht festnehmen lassen, Magister Faustus. Ich hörte nur, was man Euch vorwirft – und ich kenne die Geschichten, die man sich erzählt. Verzeiht also, falls ich Euch beleidigt habe.«

»Ihr seid sehr umgänglich für einen Kerkermeister.«

Der Mann wischte sich den Schweiß von der Stirn. »Hört, ich bin kein weiser Mann, wie Ihr es wohl sein mögt. Ich bin nur ein einfacher Soldat, und es gefällt mir nicht, was in dieser Zelle vor sich geht. Wenn Ihr etwas dagegen unternehmen könnt, schulde ich Euch Dank, ganz gleich, wie die Anklage gegen Euch lautet.«

»Das ist sehr anständig von Euch.«

»*Könnt* Ihr uns helfen?«

Faustus hob die Schultern. »Ich will sehen, was ich tun kann.« Damit trat er an dem Kerkermeister vorbei und ging auf die Soldaten zu, die fluchend und springend den Schlägen des Besessenen auswichen und dabei immer wieder die Holzstäbe in seine Richtung stießen.

Angelina ging ohne zu zögern hinterher, dann folgte auch ich.

»Warum töten die ihn nicht einfach?«, fragte ich in Faustus' Richtung.

Es war der Kerkermeister, der mir die Antwort gab: »Der Mann ist ein Spion. Wir müssen herausfinden, was er weiß, was er schon an seine Leute weitergegeben hat und ob er die Namen anderer Spione kennt. Er sollte morgen früh dem hochnotpeinlichen Verhör unterzogen werden – so lange das nicht geschehen ist, dürfen wir ihn nicht töten.«

Ich schluckte und tat verständnisvoll.

Den drei Soldaten gelang es, den schreienden Mann an Armen und Beinen zu packen und ihn flach auf die Holzbohlen zu pressen. Sein Oberkörper zuckte und warf sich umher wie ein ungestümes Ross. Trotzdem hielten die Männer ihn fest.

Der Mann hatte dunkle Haut und pechschwarzes Haar. Er trug ein weißes Gewand, das vom Aufenthalt in den Bleikammern grau und fleckig geworden war; es sah aus, als hätte er sich erst kürzlich über sich selbst erbrochen. Seine Augäpfel waren nach oben verdreht, sein Blick ein irrer Glanz aus rotgeädertem Weiß. Schaum perlte von seinen Lippen über die Wangen.

Ich sah, dass Faustus die Stirn in Falten legte. Irgendetwas machte ihn stutzig. Nicht etwa der Zustand des Mannes – dergleichen hatte mein Meister mehr als einmal gesehen. Ich vermutete vielmehr, dass es seine Herkunft war. Faustus hatte einige Zeit in Ägypten zugebracht, ein rätselhafter Teil seines Lebens, über den er niemals sprach. In seinem Besitz befand sich seither ein hölzerner Stab, geschnitzt in Form eines menschlichen Körpers, auf dessen Schultern der Kopf eines Schakals ruhte. Auch der schwarze Hund des Meisters, Mephisto, ein unheimliches Geschöpf, ähnelte einem Schakal mit glühend roten

Augen; er folgte uns stets in weitem Abstand, kam niemals zu uns heran. Faustus sprach von ihm wie von einem alten Kampfgefährten. Zudem hatten Angelina und ich in Erfahrung gebracht, dass der geheimnisvolle Traumvater, bei dem mein Meister einst in die Lehre gegangen war, einen Pakt mit dem schakalköpfigen Totengott der Ägypter geschlossen hatte, mit Anubis, der dem Traumvater ewiges Leben gewährt hatte. Auch er wurde seither von einem schwarzen Hund begleitet.

Schon lange quälte mich die Frage, ob mein Meister einen Handel mit dem Gott des Totenreichs eingegangen war. So vieles wies darauf hin, so vieles sprach für seine Schuld. Und hatte ich mich damit nicht selbst in den Dienst des schrecklichen Götzen begeben, war zum Sklaven eines fremden, bösartigen Gottes geworden?

Faustus sagte etwas in einer Sprache, die ich zuvor nie gehört hatte. Ägyptisch, vermutete ich.

Der Mann am Boden bäumte sich ein letztes Mal auf, dann erschlafften seine Bewegungen. Seine Augen waren nach wie vor von marmornem Weiß, Iris und Pupille blieben verschwunden. Sein Adamsapfel zuckte, so als stiege etwas aus seiner Kehle empor. Ich unterdrückte den Drang, mich zu bücken, als der Unterkiefer des Ägypters aufklappte, um dem, was in ihm war, den Weg ins Freie zu bahnen.

Aber es war nur ein tiefes Grollen, das über seine Lippen kam, ein dunkler, furchtbarer Laut, der selbst Angelina nach meiner Hand greifen ließ.

Faustus ging rasch in die Hocke und drückte dem Ägypter beide Handflächen auf den Brustkorb, schloss dabei die Augen und murmelte unverständliche Silben.

Als er die Lider wieder aufschlug, bat er die Soldaten, den Besessenen freizugeben. Doch die Männer dachten nicht daran, ihm zu gehorchen. Einer trug einen tiefen Kratzer auf der Wange, der andere hatte ein geschwollenes Auge – um nichts in der Welt würden sie den Mann, der ihnen diese Verletzungen beigebracht hatte, loslassen. Schon gar nicht auf Wunsch eines anderen Gefangenen.

»Kerkermeister!«, rief Faustus über seine Schulter. »Gebt diesen Männern Befehl, sich zurückzuziehen.«

Der Kerkermeister atmete scharf aus. »Ist das wirklich nötig?«

»Ich würde Euch sonst nicht darum bitten.«

»Aber der Gefangene …«

»Wird ruhig bleiben. Darauf gebe ich Euch mein Ehrenwort.«

»So geht Ihr sehr vorschnell mit Eurem Ehrenwort um«, entgegnete der Kerkermeister mit zweifelndem Blick auf den Ägypter.

»Ihr müsst mir vertrauen.« Faustus' Tonfall klang eine Spur schärfer. »Sonst hättet Ihr mich nicht um meine Hilfe bitten brauchen.«

Der Kerkermeister überlegte einen Augenblick, dann gab er den Soldaten einen Wink. Mit verständnislosen Mienen zogen sich die drei von dem Ägypter zurück. Wie mein Meister gesagt hatte, blieb der Mann vollkommen reglos am Boden liegen. Allein der Schaum rann weiter aus seinen Mundwinkeln.

Die Soldaten gesellten sich zu ihrem Vorgesetzten.

»Sie sollen die Kammer verlassen«, verlangte Faustus, ohne die drei eines Blickes zu würdigen.

Der Kerkermeister seufzte und schickte die Soldaten hinaus. Ich sah, wie sie vor der Zelle Stellung bezogen, gemeinsam mit dem vierten Wächter, jenem, der uns hergeführt hatte.

Faustus erhob sich und trat dem Kerkermeister gegenüber. »Ich werde diesen Mann von seinem bösen Geist befreien«, sagte er. »Denn Ihr hattet Recht, Kerkermeister – euer Gefangener ist tatsächlich das Opfer einer Besessenheit.«

Der Soldat wurde kreidebleich, als ihm klar wurde, was das zu bedeuten hatte: Der Teufel selbst – oder einer seiner Diener – war in seinen Kerker eingedrungen und trieb nun sein Unwesen unter den Bleidächern. Wie sollte er das seinen Herren erklären, oder gar, schlimmstenfalls, dem Dogen persönlich? Die Axt des Scharfrichters war in Venedig stets gut geschliffen, jeder wusste das, und schon viele Männer waren von einem Tag zum anderen in Ungnade gefallen. Die hohe Zahl der Nobili hinter den Gittern der Bleikammern sprach eine deutliche Sprache. Fraglos sah auch der Kerkermeister selbst sich schon in einer der Zellen oder unter dem Beil des Henkers.

Faustus – Menschenkenner der er war – wusste all das, und er war gewitzt genug, einen Vorteil daraus zu ziehen. In solchen Momenten war ich stolz, Diener meines Herrn zu sein.

»Ihr wollt mit mir handeln, nehme ich an?«, brachte der Kerkermeister schwach hervor und konnte den Blick nicht von dem Ägypter am Boden nehmen, von seinen weißen, dämonischen Augen.

»Freiheit für mich und meine beiden Begleiter«, forderte Faustus ungerührt. »Und die Rückgabe all unseres Weggepäcks.«

»Damit begebe ich mich in Teufels Küche«, stieß der Kerkermeister aus.

Faustus deutete beiläufig auf den Besessenen. »Dort seid Ihr schon, fürchte ich.«

Der Soldat schenkte ihm einen zornigen Blick, doch sogleich hatte er sich wieder unter Kontrolle. »Es stimmt, was man sich über Eure Gewitztheit erzählt,

Doktor Faustus. Und ich muss gestehen, ich hoffe und fürchte zugleich, dass auch der Rest der Wahrheit entspricht.«

»Sollte dem so sein«, erwiderte mein Meister lächelnd, »so habt Ihr allen Grund zu der Annahme, dass ich mein Wort halten und Euer Malheur beseitigen werde.«

»Noch ist nicht offiziell Anklage gegen Euch erhoben worden«, überlegte der Kerkermeister laut. »Ich könnte also behaupten, die Soldaten, die Euch festgenommen haben, hätten sich in Euch getäuscht. Ihr wart gar nicht der, für den sie Euch hielten.«

Faustus' Lächeln wurde freundlicher. »So ist es.«

Der Soldat nickte widerstrebend. »Ich werde Sorge tragen, dass alles so geschieht, wie Ihr es wünscht.«

»Und Eure Männer?«

»Werden schweigen, wenn ich es ihnen befehle.«

»Ihr seid ein guter Mann, Kerkermeister. Eure Untergebenen wissen wohl, was sie an Euch haben.«

Der Soldat zuckte nur die Achseln. »Tut jetzt, was Ihr tun müsst.«

»Werdet Ihr mich mit unserem ägyptischen Freund allein lassen?«

»Was macht das jetzt noch aus?« Der Kerkermeister seufzte und ging zur Tür. Dort drehte er sich noch einmal um. »Ihr solltet besser Erfolg haben, Faustus. Ich versuche stets, ein gerechter Mann zu sein. Aber ich lasse keine Scherze mit mir treiben.«

»Das ist in niemandes Absicht«, erwiderte Faustus ungerührt.

Der Soldat nickte, schenkte mir und Angelina einen unsicheren Blick, dann trat er hinaus auf den Korridor und drückte die Tür zu. Wir hörten, wie von außen ein Riegel vorgeschoben wurde.

»Na, wunderbar«, stöhnte ich. »Vom Regen in die

Traufe. Nun haben wir auch noch einen echten Teufelsdiener am Hals.«

Faustus schenkte mir ein Grinsen. »Das hat dich doch bislang nie gestört.« Er liebte es, Scherze auf Kosten seines üblen Leumunds zu machen.

Ich verzog pflichtschuldig die Mundwinkel und blickte dann hinab auf den Ägypter. Er hatte sich noch immer nicht gerührt, und der Speichelfluss aus seinem Mund verebbte allmählich.

»Was gedenkt Ihr mit ihm zu tun?«

»Ich werde den Geist austreiben.«

»Ihr glaubt, er ist tatsächlich besessen?«

Wie als Antwort darauf verstärkte sich schlagartig der Trommelwirbel des Hagels auf den Bleidächern. Ich hatte mich schon so an den Lärm gewöhnt, dass ich ihn zuletzt kaum noch wahrgenommen hatte – jetzt aber zog er erneut meine Aufmerksamkeit auf sich, und ich fragte mich, ob ein Zusammenhang bestand zwischen dem frostigen Wetter und dem Besessenen vor uns am Boden. Mein Meister jedenfalls schien davon überzeugt zu sein.

»Natürlich ist er besessen«, sagte Faustus und schaute mich an, als hätte ich etwas sehr Dummes gesagt.

»Ich dachte nur … na ja, das, was Ihr zu dem Priester gesagt habt … Er könnte Schmerzen haben, vielleicht krank sein.«

Faustus schüttelte den Kopf. »Kannst du es denn nicht riechen?«

Ich schnüffelte halbherzig ins Leere, sah dann fragend Angelina an. Sie schüttelte nur den Kopf.

Mein Meister seufzte. »Manchmal denke ich, es ist hoffnungslos.« Er drehte sich einmal auf der Stelle um sich selbst, alle Sinne gespannt, horchend, fühlend, riechend. »Diese Spannung in der Luft! Dieses

Zucken in den Haarspitzen! Und der Geruch von etwas ganz und gar Fremdem!«

Es roch schlecht in den Bleikammern, damit hatte er Recht, aber das hatte ich bislang auf die Tatsache geschoben, dass dies ein Kerker war, in dem Menschen Tag und Nacht ihre Todesangst ausschwitzten, ihre Bedürfnisse in offene Krüge verrichteten und auf der Folterbank ihr Blut vergossen. Ja, es stank in der Tat ganz gotterbärmlich an diesem vermaledeiten Ort. Wieso also hätte dies ein Anzeichen für eine übernatürliche Präsenz sein sollen?

Faustus ging neben dem Ägypter auf die Knie, legte wieder die Hände auf seine Brust.

»Braucht Ihr unsere Hilfe, Meister?«, fragte ich beflissen, wenn auch nicht allzu begierig auf die Antwort.

»Ich denke nicht, dass das nötig sein wird«, entgegnete Faustus zu meiner Erleichterung.

Angelina trat zurück, rutschte mit dem Rücken an der Wand hinunter und blieb mit angezogenen Beinen sitzen, starrte steif zu den beiden Männern hinüber und ließ sich keine Bewegung, keine geflüsterte Silbe entgehen.

Aus dem Mund des Ägypters drang jetzt ein eigentümlicher Gesang, verblüffenderweise nicht auf Ägyptisch, nicht auf Latein, sondern in unserer eigenen Sprache, so als wollte der Geist in seinem Inneren sichergehen, dass wir ihn verstanden.

Nicht allein Faustus, sondern jeder von uns!

»O Lúl, willkommen, o Lúl,
Geschmeide brachten sie mir
Und Geschenke, die dir gebühren,
Ein Perlenhalsband,
Ringe brachten sie mir,

Ein Amulett brachten sie mir,
Kerzen brachten sie mir,
Einen Tisch brachten sie mir.
Willkommen, o Lúl, willkommen.«

Ich schaute Angelina an, aber sie hatte nur Augen für den Mann am Boden. Auch Faustus ließ nicht von ihm ab, hielt weiterhin beide Hände auf den Oberkörper des Besessenen gepresst.

»Was hat das zu bedeuten?«, flüsterte ich.

»Ein altes Lied«, erklärte Faustus knapp. »Teil eines arabischen Rituals zur Dämonenbeschwörung.«

Insgeheim dachte ich mir, dass es doch Faustus sein müsste, der solche Gesänge anstimmte, nicht der Besessene selbst! Aber natürlich schwieg ich, setzte mich neben Angelina in die Ecke und gab mich fortan damit zufrieden, alles genau zu beobachten. Wieder säuselte leiser Gesang über die Lippen des Ägypters:

»Wallág, o Wallág,
Willkommen, o Knecht der Meister!
Er-Rifái ist bei ihnen,
Und el-Kiláni ist bei ihnen,
Und es-Saiyid ist bei ihnen,
Und es-Dasúqi ist bei ihnen.«

So ging es weiter, mit einer wahren Flut sonderbarer Strophen und Namen, die mir alle nichts sagten, trotz der vielen Monde an der Seite meines Meisters.

Faustus hingegen schien angespannt zu lauschen, ehe er plötzlich, ganz abrupt, seine Hand auf den Mund des Besessenen legte und etwas auf Ägyptisch sagte, eine Kette lang gezogener Wörter und Silben.

Als er die Hand wieder wegnahm, schwieg der

Mann am Boden einen Moment lang, ehe er abermals zu sprechen anhob.

»Die lebende Dreifaltigkeit«, sagte er, und seine Betonung verriet, dass er Worte aussprach, die er selbst nicht verstand. »Sucht die lebende Dreifaltigkeit. Ein Mann ist gestorben im Herzen der Kirche. Filius. Fragt nach dem Filius. Folgt der Spur des Spiritus. Findet den Dominus.«

Angelina und ich wechselten einen verwirrten Blick.

Faustus aber blieb ganz ruhig und verriet mit keinem Zucken die Aufregung, die zweifellos auch ihn gepackt haben musste. Wieder murmelte er etwas in der Heimatsprache des Besessenen, und abermals öffneten sich die Lippen des Mannes. Weiterer Schaum sprudelte hervor, dann sagte er mit starkem Akzent: »Die lebende Dreifaltigkeit ... ist die Lösung ... aller Rätsel.«

Und damit schwieg er. Schwieg und rührte sich nicht mehr.

»Ist er tot?«, fragte ich nach einer Weile angespannten Wartens.

Faustus verneinte. »Er lebt. Aber der Geist hat ihn verlassen.«

»Einfach so?«

»Es ging nicht um diesen armen Kerl hier«, entgegnete Faustus. »Er war nur der Botschafter.«

»Botschafter von wem?«

»Einer höheren Macht«, antwortete mein Meister mysteriös. Das war wieder einer der Augenblicke, in denen ich ihn hätte schütteln mögen. Warum konnte er seine Gedanken nicht klar aussprechen? Warum diese Geheimnistuerei? Ich konnte es mir nur so erklären, dass sein Pakt ihn in gewissen Dingen zum Schweigen verpflichtete, und nur deshalb bohrte ich nicht weiter.

(Ich weiß, schadenfroher Leser, dass Ihr einen anderen Verdacht hegt. Ihr glaubt, ich hätte aus Feigheit geschwiegen, aus Angst, dass er mich anbrüllt oder mit der Rute schlägt. Hah! So gut also glaubt Ihr den alten Wagner zu kennen! Fluch über Euch und Euer Misstrauen, über Eure Zweifel an meinen Worten und Eure scharfen Augen! Mögen sie Euch aus den Höhlen faulen, auf dass Ihr nie erfahren werdet, wie diese Sache zu Ende ging! Ich höre Euch schon jammern und wehklagen, mich anflehen, Euch doch den Rest zu erzählen. Von wegen! Unwissend seid Ihr geboren und unwissend sollt Ihr zugrunde gehen!)

»Er wird jetzt schlafen«, sagte Faustus und verschränkte die Hände des Mannes auf dessen Brust. »Spätestens morgen ist er wieder auf den Beinen und wird sich an nichts mehr erinnern.«

»Spätestens morgen landet er auf der Streckbank«, brachte ich die Worte des Kerkermeisters in Erinnerung.

»So ist es wohl«, stimmte mein Meister mit einem Stoßseufzer zu. »Wir können nichts daran ändern.«

Er ließ von dem bedauernswerten Wurm am Boden ab und trat zur Tür. Angelina und ich erhoben uns.

Gerade wollte er die Hand heben, um den Soldaten an der Außenseite Klopfzeichen zu geben, da fragte ich: »Herr, was hat es damit auf sich? Mit diesem Gerede von der lebenden Dreifaltigkeit?«

»Ich denke, wir werden es bald erfahren«, sagte er. Seine Hand ruhte abwartend auf dem Holz der Tür. »Spätestens in Rom.«

Draußen vor dem Gitterfenster riss die Wolkendecke auf. Sonne flutete die Zelle.

Der Hageldonner auf dem Dach verstummte.

Und in der Ferne heulte ein schwarzer Hund.

Es wurde Nacht, ehe man uns endlich ziehen ließ.

Vor dem Tor des Palastes standen zwei Gestalten in purpurfarbenen Gewändern, mit Gesichtsmasken in Form goldener Halbmonde. Auf langen Flöten spielten sie ein trauriges Duett.

Soldaten brachten uns in einem Ruderboot ans Festland. Einmal glaubte ich in der Ferne eine schwarze Gondel zu sehen, auf der ein einsamer Mann stand, vollkommen nackt, mit verschlungenen Zeichnungen auf Rücken und Brust. Dann aber war er verschwunden, ein Schatten vielleicht. Ein Traum.

An Land händigten uns die Soldaten ein Schreiben des Kerkermeisters aus. Es gab dem Besitzer eines nahen Bauernhofs Anweisung, uns unsere Pferde auszuhändigen. Die Männer sprachen kein überflüssiges Wort mit uns, schenkten uns nur hin und wieder verächtliche, aber auch ängstliche Blicke. Mir entging nicht, dass ihre Hände gefährlich nah an den Griffen ihrer Dolche lagen. Bis zuletzt hegte ich den Verdacht, dass man versuchen würde, uns hinterrücks zu ermorden.

Doch das Boot brach gleich wieder auf in Richtung Stadt und ließ uns inmitten unseres Gepäcks allein zurück am Ufer. Die Wolkendecke hatte sich restlos aufgelöst, und der Mond – geformt wie die Gesichter der beiden Flötenspieler vor dem Palast – schuf auf der sanften Brandung einen silbernen Glitzerreigen.

Wir fanden den Hof, klopften den mürrischen Bauern aus dem Bett und befanden uns alsbald mit unseren Rössern auf dem Weg nach Süden. Zypressen wuchsen zu beiden Seiten der gepflasterten Straße, schlanke schwarze Säulen, die sich wie riesenhafte Kuttenträger über uns erhoben. Die drei Tage im Kerker der Lagunenstadt hatten uns zu einer unverhofften Rast verholfen, die wir nach dem harten Ritt der letzten Wochen bitter nötig gehabt hatten. Trotz der Ereignisse in der Zelle des Ägypters fühlte ich mich einigermaßen ausgeruht, und den beiden anderen schien es ebenso zu gehen. Voraussichtlich würden wir die Nacht hindurch reiten und uns erst bei Sonnenaufgang ein Lager bereiten.

Während Angelina angespannt im Dunkeln nach Wegelagerern Ausschau hielt, lenkte ich mein Pferd neben Faustus. Ich konnte meine Neugier und Unruhe nicht länger im Zaum halten.

»Die höhere Macht, von der Ihr gesprochen habt ... das ist Anubis, nicht wahr?« Schnell, bevor er wütend werden konnte, fügte ich hinzu: »Ich meine, es ist nur recht, dass wir erfahren, auf was wir uns hier einlassen. Ich folge Euch jetzt schon weit über ein Jahr, und ich habe vieles von Euch gelernt, mehr als ich je an der hohen Schule hätte ...«

Er unterbrach mich. »Du musst mir nicht schmeicheln, Wagner. Aber stell dir zuerst eine Frage: Bist du wegen mir hier, wegen deiner Wissbegier – oder wegen ihr?« Er deutete auf Angelina, die zwei Pferdelängen vor uns ritt.

Einige Herzschläge lang wusste ich nicht, was ich darauf erwidern sollte. Er kannte meinen wunden Punkt. Er hätte blind und taub sein müssen, ihn zu übersehen. Aber nie zuvor hatte er mich darauf angesprochen, auf meine Gefühle für Angelina, auf das, was sie mir bedeutete.

Ich versuchte, so ausweichend wie möglich zu antworten: »Sind wir nicht beide wegen ihr hier? Um das Geheimnis des Zugs der Erleuchteten zu lösen?«

Faustus lächelte. »Ich war schon früher in Rom, damals, nach meiner Rückkehr aus Ägypten. Ich war ein wenig ... nun, angeschlagen. Jemand fand mich, pflegte mich und wurde ein guter Freund. Er lebt im

Vatikanspalast und hat dort die Amtszeiten von vier Päpsten miterlebt. Auch die des Borgias. Diese Reise ist ein guter Anlass, um ihn wiederzusehen.«

»Aber Ihr reitet doch nicht nur deshalb nach Rom.«

»Es ist kein Geheimnis, dass ich die Kirche nicht mag. Und so wie es aussieht, befinden wir uns auf unserem eigenen kleinen Kreuzzug gegen das Papsttum.« Er schaute mich eindringlich von der Seite an. »Aber wir wollten nicht über mich sprechen, Wagner. Versuch lieber, dir klar zu werden, warum *du* diese Reise auf dich nimmst.«

»Ich folge meinem Meister.«

»Mach es dir nicht zu einfach.«

»Aber es ist wahr. Ich bin Euer Schüler, und Ihr seid mein Herr. Wenn Ihr sagt, wir reiten ans Ende der Welt, dann bin ich an Eurer Seite.«

»Du bist mutig, aber ist das auch der Weg zur Weisheit?«

»Sagt Ihr es mir.«

Er seufzte verstohlen. »Mutig, lieber Wagner, ist nicht die Tatsache, dass man sich mit dem Schwert gegen eine ganze Armee stellt. Mut bedeutet vielmehr, dass man sich die Frage stellt, warum man im Angesicht eines solchen Feindes überhaupt erst nach dem Schwert gegriffen hat. Was ist es, das einen zur Dummheit verführt? Zu einem Fehler, der vielleicht tödlich endet? Schlimm genug, wenn man darauf nur erwidern kann: Loyalität.« Er schüttelte sachte den Kopf. »Du musst mir die Frage nicht beantworten. Aber wenigstens dir selbst gegenüber solltest du ehrlich sein. Dann bist du vielleicht auch bereit für größere Wahrheiten.«

Dann drückte er seinem Roß die Fersen in die Flanken, sprengte an Angelina vorbei und setzte sich an die Spitze unseres kleinen Zuges. Einmal mehr war er der Antwort auf meine ursprüngliche Frage geschickt aus dem Weg gegangen.

Ich sah ihm nach, beobachtete dann Angelinas Silhouette, schlank und aufrecht im Sattel ihres Pferdes. Das Mondlicht brach sich auf den drei Schnallen ihrer Maske. Sie leuchteten an ihrem Hinterkopf wie ein Sternbild, herabgesunken aus der Schwärze der Nacht.

Kapitel 2

Ein unablässiger Menschenstrom schob sich durch das Borgo Leonino, das Viertel am Fuß des vatikanischen Hügels.

Händler und Knechte drängten sich in den engen Gassen. Soldaten und Künstler, Handwerker und Schreiber, Geistliche und Huren flanierten unter vorgewölbten Dächern. Wäscheleinen und Balustraden bildeten ein dichtmaschiges Spinnennetz über ihren Köpfen und verhinderten, dass der Klangteppich aus Dutzenden von Sprachen und noch mehr Dialekten weiter emporstieg, dem Antlitz des Himmels entgegen, vereinigt mit den Rauchfahnen der Feuer und dem Gestank des Schmutzes in der Gosse. Ochsen und Schafe schrien und blökten, Hunde und Katzen liefen zwischen den Stiefeln und Sandalen und schmutzigen Fußlappen der Masse, und nur wenn ein eiliger Reiter unter viel Geschrei Durchlass begehrte, klaffte der Menschenstrom für einen kurzen Moment auseinander wie Wasser an einem Stein im Flussbett, ließ den Schreihals ziehen und schloss sich augenblicklich wieder hinter dem Schweif seines Pferdes. Schweiß und Gewühl und Gebrüll, Trompeten und Kuhmist und vergossenes Bier, ein Spektakel, das beständig von einem Extrem ins andere kippte, von harter Arbeit zu vergnügtem Delirium.

Viele zogen in jenen Jahren zum Vatikan. Nicht alle waren Pilger, die zum Herrn beten und seinem Stellvertreter auf Erden huldigen wollten. Der überwiegende Teil waren Arbeiter, Männer aus allen Teilen

Europas, die auf dem Bauplatz der neuen Kathedrale ihr Brot verdienen wollten.

Papst Julius II. hatte vor nunmehr sechzehn Jahren den Abriss der alten, baufälligen Basilika befohlen. Im vierten Jahrhundert nach Christus war sie unter der Ägide von Kaiser Konstantin erbaut worden, ein Prachtbau, um den Sieg der neuen Religion zu feiern. Errichtet über dem Grab des Apostels Petrus hatte sie länger als ein Jahrtausend auf dem Vatikanhügel gethront, fünfschiffig und reich an Mosaiken, Fresken und Denkmälern. Das Apostelgrab, so hieß es, war von acht Säulen umgeben gewesen, die noch aus dem Tempel Salomons stammten.

Doch nach all der Zeit war der Bau marode geworden, und mehr als einmal hatten sich Teile der Decke gelöst und waren hinab auf die Betenden gestürzt. So war im Jahre 1506, drei Jahre nach dem Tod des verfluchten Borgia, der Grundstein zu einer neuen Kathedrale gelegt worden. Seitdem waren Tausende damit beschäftigt, auf den Ruinen der Konstantinsbasilika den neuen Petersdom zu errichten, das größte und prächtigste Gotteshaus der Christenheit.

Wir ritten von Norden den Hügel herauf, umrundeten das schmucklose Geviert des Papstpalastes mit seinen Anbauten und erreichten schließlich unser Ziel.

Um ehrlich zu sein: Ich hatte es mir anders vorgestellt.

Nicht etwa größer – an schierer Größe konnte es dieser Ort wahrlich mit all meinen Fantasien aufnehmen –, wohl aber geordneter, organisierter. Und, vor allen Dingen, nicht so entsetzlich schmutzig.

Es hatte geheißen, die alte Basilika sei abgerissen worden.

Doch wie ich nun sah, standen sehr wohl noch Teile der Außenmauern, halb zerfallen, in deren Zentrum man vier mächtige Säulen errichtet hatte – sie waren die ersten fertigen Teile des neuen Doms.

Faustus fühlte sich beflissen, Angelina und mir einen Vortrag über die Entwürfe des Architekten Bramante und seines Nachfolgers Raffael zu halten, über den Streit, der um den Grundriss der Kathedrale entstanden war und über die mächtige Kuppel, die dereinst auf den vier Pfeilern im Zentrum der Kirche stehen sollte, genau über dem Grab des Apostels.

(Ich erspare Euch, gelangweilter Leser, die Einzelheiten dieser Ausführungen, weiß ich doch, dass Euch der Sinn nach anderem steht. Habt noch ein wenig Geduld – alles, was Ihr Euch erhofft, werdet Ihr finden.)

Hunderte von Menschen schwärmten über den Bauplatz. An vielen Stellen arbeiteten sie unter freiem Himmel, nur hier und da hatte man eng gedrängte Bauhütten errichtet. Steinmetze und Steinbrecher, Bildhauer und Mörtelmischer, Maurer und Dachdecker, Schmiede, Zimmerleute und Glasbläser – sie alle waren emsig bei der Arbeit, selbst wenn einige von ihnen vermutlich nicht mehr erleben würden, dass die von ihnen gefertigten Bauteile Verwendung fanden. So mochten etwa noch fünfzig, sechzig Jahre ins Land gehen, bevor die Dächer errichtet würden; trotzdem waren Dachdecker schon jetzt dabei, Ziegel zu brennen, Balken zu verzieren und Stützwinkel herzustellen, die erst viel später von ihren Nachfolgern verarbeitet werden würden. Jeder aber wollte Teil dieser gigantischen Arbeit sein, wollte das Seine dazu beitragen, zum Ablass seiner Sünden, zum Lobpreis des Herrn – und zum Segen des eigenen Geldbeutels.

An den halb abgerissenen Wänden der alten Basilika hatte man Gerüste errichtet, gewagte Konstruktionen aus Stangen und Brettern; dazwischen hingen

Plattformen aus Weidenflechtwerk. Winden baumelten an den Mauern herab, über die das alte Gestein zum Boden transportiert wurde. Es sollte später für den Neubau verwendet werden.

Wir zügelten unsere Pferde unweit eines Mörtelmischwerks. Über einem runden Becken im Boden war horizontal ein hölzernes Rad angebracht, von dem Stangen hinab in die graubraune Brühe aus Wasser und Mörtel reichten. Das Rad besaß vier lange Streben, die von vier kräftigen Männern mit nackten Oberkörpern vorwärts geschoben wurden, eine endlose, stumpfsinnige Kreisbewegung. Ein Mann mit bunter Mütze und Kleidung, die ganz steif war von Mörtelspritzern, beaufsichtigte die Arbeit der vier, trieb sie gelegentlich mit barschen Rufen zur Eile an oder ließ sie verschnaufen, um eine Probe des Mörtelschlamms aus dem Becken zu entnehmen und sie prüfend zwischen den Fingerspitzen zu verreiben.

»Verzeiht, Meister Mörtelmischer«, sprach Faustus ihn vom Pferd herab an. »Wo kann man sich hier melden, wenn man Arbeit sucht?«

Der Mörtelmischer, ein fetter Kerl mit einem hängenden Augenlid, musterte uns prüfend. Er hatte sichtlich Mühe, seinen neugierigen Blick von Angelinas Ledermaske loszureißen, und auch aus anderen Richtungen wurde sie beobachtet.

»Warum suchen zwei Männer und ein Mädchen, die sich Reitpferde leisten können, Arbeit auf einem Bauplatz?«, fragt er misstrauisch.

Faustus' Tonfall blieb höflich. »Verzeiht noch einmal, Meister Mörtelmischer, aber ich denke nicht, dass das Eure Sache sein sollte. Beantwortet mir nur meine Frage. Oder lasst es bleiben.«

Obgleich mich der grobe Kerl abstieß, fand ich doch, dass die Worte des Mischers ihre Berechtigung hatten. Auch ich verstand nicht, warum mein Meister sich nach Arbeit erkundigte. Wir waren nicht nach Rom gekommen, um uns krumm zu schuften. Andererseits zweifelte ich nicht daran, dass Faustus einen seiner klugen Pläne verfolgte.

»Nun«, meinte der Mörtelmeister und ließ den Blick seines gesunden Auges über Angelinas schlanken Körper streifen, »ich schätze, ich hätte Arbeit für die da. Sie könnte meinen Männern … nun, das Wasser reichen.«

Einer der Kerle am Mörtelrad lachte grobschlächtig.

Ich lenkte mein Ross unwillkürlich ein wenig näher an Angelina heran und legte eine Hand aufs Schwert.

Der Mörtelmeister grinste Faustus an. »Nun, was sagt Ihr?«

Ich dachte triumphierend, dass mein Meister ihm nun wohl mit aller Schärfe – am besten mit der Schärfe seiner *Klinge* – klarmachen würde, was er von derlei Angeboten hielt. Doch zu meinem Entsetzen sagte Faustus nur: »Ich suche keine Arbeit für das Mädchen, sondern für meinen jungen Freund.« Und damit wies er – auf mich!

Während ich mich noch von dem Schreck erholte, fragt Faustus: »Glaubt Ihr, es ließe sich etwas finden?«

Der Mörtelmeister wandte sich zu den vier Arbeitern am Rad um. »Was sagt ihr – soll *er* euch das Wasser reichen?«

Unter Gelächter winkten die Kerle ab, und einer machte eine Bemerkung in starkem Dialekt, die ich nicht verstand.

»Aber … Meister …«, begann ich, doch Faustus winkte ab, ohne seinen Blick von dem fetten Mann zu nehmen.

Mein flehender Blick kreuzte den Angelinas, aber sie zuckte nur die Achseln.

»Der junge Bursche sucht dringend Arbeit hier auf dem Bauplatz«, sagte Faustus, und jedes Wort traf mich wie ein giftiger Schlangenbiss. Er zog eine Münze hervor und warf sie vor dem Mörtelmeister in den Dreck. »Ich wäre Euch außerordentlich dankbar, wenn Euch ein Einfall käme, wo man ihn unterbringen könnte.«

Das hängende Augenlid des Mörtelmeisters begann zu zucken und verriet seine Gier und Erregung. Dennoch war er zu stolz, sich zu bücken, und gab stattdessen einem seiner vier Arbeiter einen Wink. Der halb nackte Kerl ließ sogleich das Rad los, fiel vor seinem Herrn auf die Knie, pickte die Münze auf und reichte sie ihm. Die drei anderen blieben stehen, doch der Mörtelmeister schrie sie an, augenblicklich mit der Arbeit fortzufahren. Der vierte gesellte sich wieder zu ihnen, und bald drehte sich das Rad wieder knirschend über dem Mörtelbecken.

Der Fettsack hielt die Münze hoch und ließ die Sonne darauf funkeln. »Für eine hiervon im Monat könnte ich mich überreden lassen, Euren … Freund in meine Dienste zu nehmen.«

»Herr!«, entfuhr es mir entsetzt.

Faustus lächelte den Mischer freundlich an. »Ich habe Euch für eine Auskunft bezahlt, nicht für Eure Unverschämtheit.«

Der Mann schnaubte, dann deutete er hinter sich zum Fuß der Basilikamauern. »Dort drüben ist die Zahlstelle. Wendet Euch an einen der Männer, die dort sitzen. Es gibt hier genug Arbeit für Leute wie Euch.«

Ich atmete erleichtert auf. Zumindest für den Moment war ich gerettet. Um nichts in der Welt, auch nicht für meinen Meister, hätte ich dieses Rad gedreht. Ich war Scholar, kein Sklave!

Faustus lenkte sein Pferd am Mörtelmischwerk vorbei, und ich beeilte mich, zu ihm aufzuschließen.

»Meister, wie könnt Ihr …«

Er unterbrach mich. »Erinnerst du dich an die Worte des Ägypters?«

»Natürlich, Herr.«

»Er sprach von einem Toten im Herzen der Kirche. Und er sagte: Fragt nach dem Filius. Genau das werden wir tun.«

»Ich verstehe nicht …«

Ich brach ab, als ich aus dem Augenwinkel eine rasche Bewegung bemerkte. »Vorsicht, Herr!«

Wir zogen die Köpfe ein. Zwei Hand voll Schlamm sausten über uns hinweg. Als ich wütend herumfuhr, sah ich, dass zwei der Mörtelmischer vom Rad abgelassen hatten und uns feixend hinterher grinsten. Ihr Meister wies sie nicht zurecht, was darauf schließen ließ, dass er den Befehl zu der Schlammattacke gegeben hatte.

Bevor Faustus oder ich reagieren konnten, war Angelina schon vom Pferd gesprungen, mit jener tierhaften, völlig unmenschlichen Flinkheit, die ich nur von ihr und den anderen Engelskriegern kannte. Wie ein Derwisch wirbelte sie unter die Männer, verpasste dem ersten einen Faustschlag, der ihn rückwärts in den Schmutz schickte, während sie ohne jede Mühe einem Hieb des zweiten auswich und ihm die Faust in den Magen rammte. Die beiden Übrigen wollten ihren Gefährten zur Hilfe kommen, doch der Mörtelmeister rief sie mit panischen Schreien zu sich, damit sie sich schützend vor ihn stellten.

»Angelina!«, rief Faustus, der sich Sorgen wegen des Aufsehens machte, das der Kampf erregte.

Doch sie hörte nicht auf ihn. Anders als ich stand sie nicht in seinen Diensten und hatte keinen Grund, ihm zu gehorchen. Ihre Wut war zu groß, und ehe wir uns versahen, lagen auch die beiden anderen Männer am Boden, hielten sich stöhnend Gesicht und Bauch. Nun befand sich niemand mehr zwischen Angelina und dem Mörtelmeister.

»Pfeift sie zurück!«, keifte der Fette ängstlich in Faustens Richtung.

»Das habe ich getan«, erwiderte mein Meister ungerührt, »aber wie Ihr seht, gehorcht sie nicht.«

»Sie wird mich umbringen!«

»Das bezweifle ich.«

Angelina näherte sich dem Mörtelmeister. Er wich vor ihr zurück, fuchtelte hilflos mit den Händen und stieß mit dem Rücken gegen eine der Stangen des Rades. Hätte Angelina noch lächeln können, sie hätte es in diesem Augenblick wohl getan.

»Das ist nicht gut«, flüsterte Faustus mir zu.

Ich nickte, aber in Wahrheit freute ich mich diebisch über die peinliche Niederlage der Mörtelmischer. Faustus mochte all das mit seiner unschlagbaren Vernunft betrachten, doch ich dachte mir, dass es ihm vielleicht gut tun würde, wenn er einmal über seinen eigenen Schatten springen könnte. Die Mischer hatten ihre Abreibung redlich verdient.

Der Mörtelmeister schob sich an der Holzstange entlang, während Angelina mit katzenhaften und zugleich sehr ruhigen Schritten auf ihn zuglitt. Sein Augenlid zuckte immer heftiger. Er erreichte das Rad, wimmernd und um Hilfe keifend, doch niemand reagierte, auch nicht die Schaulustigen, die sich mittlerweile in großer Zahl eingefunden hatten. Viele lächelten zufrieden. Der Mörtelmeister war offenbar kein beliebter Mann auf dem Bauplatz.

Allerdings sah ich auch, dass einige miteinander tuschelten und immer wieder verwunderte Blicke auf

Angelina warfen, auf die Ledermaske, die ihren ganzen Kopf mit Ausnahme der Augen und Lippen bedeckte.

»Es ist nicht gut«, wiederholte Faustus zwischen zusammengebissenen Zähnen.

Angelina beugte sich leicht vor, so als bereite sie sich auf einen Sprung vor. Der Mörtelmeister quiekte wie ein Schwein, machte einen weiteren Schritt, stolperte über den Rand des Beckens – und stürzte rückwärts in die dickflüssige Mörtelbrühe. Mit einem Schrei tauchte er unter, erhob sich dann wieder, jetzt ganz in Grau, ein lehmiger Golem ohne Gesichtszüge, während der Mörtel von seinen Gliedern troff und die umstehende Menge in lautes Gelächter ausbrach.

Angelina wandte sich ab, als sei nichts geschehen. Über die vier Mörtelmischer hinweg ging sie zurück zu ihrem Pferd. Keiner der Männer wagte, sie anzurühren. Sie glitt in den Sattel und ließ das Tier vorwärts traben.

Als sie zu uns aufschloss, erwartete ich, dass mein Meister sie zurechtweisen würde, doch er schwieg. Mit einem flüchtigen Wink gab er mir zu verstehen, den Weg zur Zahlstelle fortzusetzen.

Ich hörte den Mörtelmeister hinter unserem Rücken wimmern wie ein Kind, während sich irgendwer erbarmte und ihm half, das Becken zu verlassen.

Die Menge verlief sich so schnell, wie sie sich zusammengefunden hatte, und dann waren wir auch schon zu weit entfernt, um das Treiben am Mischwerk weiterzuverfolgen. Angelina ritt mit erhobenem Haupt neben uns, würdigte weder Faustus noch mich eines Blickes.

Mein Meister brütete still vor sich hin, und mir kam wieder in den Sinn, was er mir zugedacht hatte.

»Herr, ich weiß, der Augenblick ist nicht der beste, aber ...«

»Das Herz der Kirche, Wagner«, brummte er. »Was sagt dir das?«

»Das Herz der Kirche ... Nun, ich schätze, wir befinden uns gerade mitten drin.«

»So ist es.« Er nickte zufrieden, so als hätte ich eine besonders schwere Rechenaufgabe bewältigt. »Der Vatikan. Hierher hat uns der Ägypter gesandt. Hier ist der Mann gestorben, von dem er sprach. Der Filius.«

»Aber der Vater und der Sohn und der Heilige Geist sind keine *Menschen*«, erwiderte ich.

Er hob lakonisch eine Braue. »So, so, Wagner – gut, dass du es erwähnst.«

»Verzeiht, ich wollte Euch nicht kränken.«

»Man hat gerade mit Schlamm nach mir geworfen, mein Lieber. Wie könntest du mich da kränken? Nein, Wagner, dein Einwand ist berechtigt – oder er *wäre* es, unter gewöhnlichen Umständen. Aber dies sind sonderbare Zeiten, dies ist eine wundersame Stadt, und unser Abenteuer ist ... nun, zumindest höchst ungewöhnlich, nicht wahr?«

»Gewiss, Herr.«

»Wir werden also herausfinden, was für ein Mann hier im Vatikan gestorben ist – welcher Filius!«

»Ihr glaubt also tatsächlich, es handelt sich dabei um eine echte Person?«

Er nickte. »Bei ihm genauso wie bei jenem Dominus und dem Spiritus, von denen der Ägypter sprach. Ich werde versuchen, meine Verbindungen im Papstpalast spielen zu lassen, während du dich hier draußen umhörst. Und zu diesem Zweck müssen wir dir wohl oder übel eine Arbeit auf dem Bauplatz besorgen, meinst du nicht auch?«

Ich brummte eine Antwort, von der ich hoffte, dass er sie nicht verstand.

»Fluchen hilft nicht«, sagte er mit einem mitfühlenden Lächeln. »Wir haben uns eine Aufgabe gestellt, und wir werden sie lösen.« Er wandte sich an unsere Gefährtin. »Was denkst du, Angelina?«

Sie nickte und warf mir einen Blick zu. Ihre blauen Augen in den Sehschlitzen der Maske waren atemberaubend schön. Es kam mir vor, als läge tiefes Bedauern darin. Und tiefe Zuneigung.

»Einverstanden«, knurrte ich an Faustus gewandt. »Ihr seid zwei gegen einen.«

»Ach, bester Wagner, sei nicht so ein Griesgram. Wer weiß, vielleicht lernst du hier draußen noch etwas fürs Leben.«

»Ja, Herr. Gewiss, Herr.«

Faustus lachte über meine finstere Miene, klopfte mir aufmunternd auf die Schulter und deutete dann hinüber zur Zahlstelle. »Du solltest jetzt vom Pferd steigen. Sonst werden die Männer dort ebenso misstrauisch wie unser guter Freund im Mörtelbad.«

Ich tat, wie mir geheißen, drückte Angelina übellaunig die Zügel in die Hand und stapfte auf die Zahlstelle zu. Die beiden anderen blieben zurück.

Mein Ziel war ein langer Tisch, der vor einem Mauerrest der alten Basilika stand. Dahinter saßen zwei Männer mit allerlei Listen, Tintenfässern und Gänsekielen. Hinter ihnen stand eine schwere Eichentruhe mit Eisenbeschlägen, gesichert durch ein großes Vorhängeschloss. Vier Soldaten, Angehörige der Schweizer Garde, bewachten die Truhe mit aufgepflanzten Hellebarden.

Noch einmal schaute ich zurück zu meinem Meister und Angelina. Faustus nickte mir aufmunternd zu.

Mit einem Seufzen wandte ich mich an einen der Zahlmeister und erklärte mein Begehr.

Es wurde bereits dunkel, als ich hinter mir einen Schrei vernahm. Ein Mensch schrie in höchster Not, dann ertönten aufgeregte Rufe.

Der Holländer, der gemeinsam mit mir einen Balken über den Bauplatz trug, stieß einen dumpfen Laut aus. Ich spürte, wie das Holz in meinen Händen schwerer wurde, dann glitt es mir aus der Hand. Als ich herumfuhr, sah ich, dass der Holländer sich vorbeugte und sein Mittagessen in den Schmutz erbrach.

Einen Augenblick später erkannte ich den Grund.

Nicht weit von uns, keine zehn Schritte entfernt, hatte sich ein großer Gesteinsbrocken aus der Ruinenwand der Basilika gelöst, war beinahe zehn Mannslängen in die Tiefe gestürzt und hatte einen der Arbeiter erschlagen, die am Fuß der Wand eine Bauhütte betrieben. Das Erschreckende war nicht die Tatsache seines Todes – ich hatte mehr als genug Leichen gesehen in meiner Zeit an Faustus' Seite –, sondern die Art und Weise, wie der Tod ihn uns anderen darbot: Sein Torso war unter dem Stein verschwunden, während seine Arme und Beine darunter hervorschauten, angewinkelt wie die Glieder einer Spinne. Es war bizarr, ja kurios – doch gerade das machte den Anblick so schrecklich.

Ein Pulk von Menschen bildete sich in Windeseile um den Toten und versperrte uns die Sicht. Vorarbeiter kämpften sich durch die Menge und brüllten Anweisungen.

Ich stieg über den Balken und trat neben den Holländer. »Geht es wieder?«

Er schaute auf, dunkelblond, mit vernarbtem Gesicht wie ein alter Haudegen und trotzdem nicht viel älter als ich selbst. Auf den ersten Blick wirkte er wie ein abgebrühter Kerl, dem so leicht nichts einen Schrecken einjagen konnte. Umso erstaunter war ich, wie sehr ihn der Unfall mitnahm.

Er wischte sich Erbrochenes vom Kinn, schaute einen Moment angewidert auf seinen Handrücken und streifte ihn dann im Staub ab. »Schon gut«, keuchte er.

Ich nahm seinen Arm und half ihm, sich aufzurappeln.

»Passiert sowas oft?«

»Wie lange bist du hier?«

»Erst seit heute Mittag.«

Er nickte, als erkläre dies so manches. »Es gibt dauernd Tote hier.«

»Wie ist dein Name?«

»Zeeman«, sagte er. »Und deiner?«

Ich konnte mir selbst gerade noch Einhalt gebieten, ehe ich meinen wahren Namen und meinen Posten als Adlatus meines Meisters offenbarte. Die Nennung war mir bereits in Fleisch und Blut übergegangen: *Christof Wagner, rechte Hand des weltberühmten Doktor Faustus, des Quellbrunns der Nekromanten, Zweiten unter den Magiern, Astrologen, Chiromanten, Aeromanten, Geomanten, Pyromanten und Hydromanten.* Ja, was für ein Titel!

»Johann«, stellte ich mich vor. Und um von mir abzulenken fügte ich hinzu: »Zeeman … das ist ein ungewöhnlicher Name.«

»Mein Vater fuhr zur See, genau wie meine älteren Brüder. Sie benannten mich nach dem, was sie waren, aber für mich war kein Platz mehr auf ihrem Boot. In einem Sturm gingen sie unter und ertranken. Meine Mutter nahm sich das Leben. Und nun bin ich hier.«

Die Leichtfertigkeit, mit der er diese Dinge erzählte, machte mich wundern. »Wie lange arbeitest du schon hier auf dem Bauplatz?«

»Sieben Wochen. Siebeneinhalb.«

Wir nahmen den Balken wieder auf und setzten unseren Weg fort, geradewegs durch den Spalt in den

Basilikamauern, wo sich einst das Portal befunden hatte. Im Innenraum herrschte reges Treiben, weit turbulenter noch als draußen auf dem Platz. Überall wurden alte Steine abgetragen, Platten aus dem Fußboden gestemmt und neue Gerüste errichtet. Weit am anderen Ende des ehemaligen Innenraumes erhoben sich majestätisch die vier Säulen, auf denen später einmal die Kuppel ruhen sollte. Ihr Anblick war selbst aus der Ferne atemberaubend.

»Was hat dich hierher verschlagen?«, fragte Zeeman, nachdem wir den Balken an seinem Bestimmungsort abgeliefert hatten.

»Oh ...«, machte ich mit einer wegwerfenden Handbewegung. »Dies und das.«

Der Holländer grinste. Ich sah, dass ihm ein Schneidezahn fehlte. »Dies und das, natürlich. Derlei hat uns alle hergebracht, nicht wahr?«

»Ich schätze schon.«

»Ärger gehabt mit der Obrigkeit?«

»Wer hat das nicht?«

»Wohl wahr, wohl wahr ...«

Da mir der Sinn nicht nach Verbrüderung stand und ich diesen unangenehmen Ort so bald wie möglich verlassen wollte, ging ich gleich aufs Ganze.

»Sag«, flüsterte ich und nahm ihn beiseite, »ist dir ein Mann bekannt, der sich selbst Filius nannte?«

Zeeman runzelte die Stirn. »Filius? Soll das sein Name sein?«

»Vielleicht. Möglich ist auch, dass er sich nur als Filius ausgibt ... als Sohn von irgendjemandem.« Innerlich seufzte ich. Wie sollte man mit solch vagen Vorgaben einen bestimmten Menschen finden, noch dazu auf einem Bauplatz, auf dem Hunderte, vielleicht sogar Tausende arbeiteten?

Der Holländer schien mir kein verkehrter Kerl zu

sein, doch er war auch nicht besonders helle. Vor allem aber war er eines – misstrauisch!

Er rückte abrupt von mir ab. »Warum suchst du ihn?«

»Ich … er schuldet mir Geld.« Ich ahnte noch während ich sprach, dass dies die falsche Antwort war. Hier auf dem Bauplatz verriet man einander nicht. Eilig fügte ich hinzu: »Eigentlich meiner Schwester. Er hat sie geschwängert, der Hundsfott. Sie hat das Kind verloren, und dabei ist sie selbst dem Tod nur um Haaresbreite von der Schippe gesprungen. Ihre Heilung war lang und teuer, und meine Eltern mussten ihren Hof verkaufen, um sie zu retten. Und nun bin ich hier, um seinen Teil einzufordern.«

Der tragische Leidensweg meiner Familie sprudelte mir wie von selbst über die Lippen, ganz ohne nachzudenken. Zeemans eigene Geschichte hatte mich inspiriert.

Der Holländer musterte mich eindringlich. »Ist das die Wahrheit?«

Ich winkte ab. »Wenn du mir nicht helfen willst, dann lass es. Meine Schwester wird dann nicht im Kindbett, sondern vor Hunger sterben.«

Ein schiefes Lächeln huschte über seine Züge, und wieder entblößte er die schwarze Zahnlücke. »Wenn es stimmt, was du sagst, dann ist der Kerl tatsächlich ein übler Schuft. Einem Mädchen sowas anzutun!« Er grinste noch breiter. »Und wenn nicht, bist du zumindest ein guter Lügner.«

Ich gab keine Antwort.

Zeeman klopfte mir auf die Schulter. »Weißt du, Johann, ich will dir helfen. Weil es nämlich ohnehin keinen Unterschied mehr macht.«

»Wie meinst du das?«

Er überlegte kurz. »Mag sein, dass ich den Mann

kenne, den du suchst – allerdings würde das bedeuten, dass deine Schwester einen verflucht schlechten Geschmack hat, was Männer angeht.«

»Er war … nicht schön«, sagte ich rasch, um so zu tun, als wüsste ich genau, wovon er sprach.

»O, doch, das war er«, widersprach Zeeman. »Ein hübsches Bürschchen.«

Vorsichtiger fragte ich: »Dann war er dumm?«

»Dumm?«, grölte der Holländer. »Ein völlig Wahnsinniger, das war er!«

»Wieso eigentlich *war*?« Meine Unschuldsmiene hätte sogar den Allmächtigen höchstpersönlich getäuscht.

»Weil er tot ist. Mausetot ist er.«

Ich unterdrückte meinen Triumph. Ja, dachte ich, der gute Wagner hat es mal wieder geschafft. Die richtigen Fragen gestellt, der rechten Fährte gefolgt und schon ein Erfolg! Was würde Faustus nur ohne mich tun?

»Dann ist wohl kein Geld mehr bei ihm zu holen?«, fragte ich mit gespielter Enttäuschung.

Zeeman schüttelte den Kopf. »Es sei denn, du findest einen, der dir seine lausigen Knochen abkauft.«

»Woher kennst du ihn? Hat er sich tatsächlich Filius genannt?«

»Filius von Gottvater selbst!«, erwiderte Zeeman und lachte schallend. »So ein Dummkopf! Er hat hier gearbeitet, drüben bei einem Steinmetz. Und die ganze Zeit über ist er rumgelaufen und hat allen erzählt, er sei der Sohn des Herrn und es würde nicht mehr lange dauern, da würde auch der Papst erkennen, dass der Messias in ihm wieder geboren ist.« Der Holländer schnaubte verächtlich. »Hat ein Heidenglück gehabt, sag ich dir, dass kein Pfaffe sein Geschwätz gehört hat. Die hätten ihn schneller auf den Scheiterhaufen gestellt, als er hätte Filius buchstabieren können.«

Ich bezweifelte arg, dass Zeeman selbst seinen eigenen Namen buchstabieren konnte. Sei's drum. »Was ist mit ihm passiert?«

Er hob die Schultern. »Na, so wie's aussah, hat er irgendwem seine Geschichte einmal zu oft erzählt. Irgendwer hat ihm im Suff den Hals umgedreht. Einfach so, mit bloßen Händen. Konnte das Gerede einfach nicht mehr ertragen. Und wer kann's ihm schon verübeln?« Er musterte mich listig. »Aber das musst du ja wissen. Du kanntest ihn ja.«

»Ich … ähm, ich selbst kannte ihn nicht.« Ich lachte nervös. »Meine Schwester hat's mit ihm getrieben, nicht ich, verstehst du? Ich war gar nicht in der Gegend.«

Zeeman grunzte, offenbar zufrieden mit dieser Antwort.

»Wo hat man ihn begraben?«, fragte ich.

»Drüben, auf dem Arbeiterfriedhof.«

»Kannst du mir sein Grab zeigen? Nur damit ich meinen armen Eltern berichten kann, dass ich mit eigenen Augen gesehen habe, dass er für seine Sünden bestraft wurde.«

Zeeman schaute sich um, sah, dass unser Dienstherr gerade mit ein paar anderen Handlangern beschäftigt war, dann nickte er. »Ich zeig's dir. Ist auch nicht schwer zu finden – einfach dem Geruch nach.«

»Jetzt gleich?«

»Sicher.«

Wie verließen rasch den einstigen Innenraum der Basilika, über deren gezahnten Mauerresten allmählich die Dämmerung hereinbrach. Überall auf dem Bauplatz wurden jetzt Fackeln entzündet, damit die Arbeiten auch im Dunkeln weitergehen konnten. Im

Vorbeigehen sah ich, dass man noch immer bemüht war, den großen Steinblock beiseite zu stemmen, unter dem die Arme und Beine des Unglücklichen hervorragten. Ich bemerkte, dass Zeeman bei dem Anblick abermals scharf die Luft ausstieß und würgte. Rasch schob ich ihn weiter.

Der Bauplatz verwandelte sich in der Dunkelheit in ein verwirrendes Netzwerk aus Lichtern, ein Panorama von solcher Schönheit, dass es einen all den Schmutz und die schwitzenden Körper vergessen ließ. Aber ich hatte keine Zeit, um den Blick auf die Unzahl von Fackeln und Lampen zu genießen. Zeeman schritt eilig aus, und ich folgte ihm geschwind.

Wir umrundeten in einem weiten Bogen die Ruine der Konstantinsbasilika und kamen in einen Teil der Anlage, der nahezu menschenleer war. Dreckhügel waren hier aufgehäuft worden, ein Gebirge aus ausgehobenem Erdreich mit kleinen Tälern und doppelt mannshohen Gipfeln. Wir stapften weiter durch den Schlamm, in Schlangenlinie um die kleinen Hügel herum, ehe Zeeman schließlich auf einer Kuppe stehen blieb und nach vorne wies.

»Das ist er«, sagte er. »Der Gottesacker für die Arbeiter.«

Mein Blick folgte seinem ausgestreckten Arm und sah – nichts.

»Was meinst du?«, fragte ich. »Da ist kein Friedhof.«

Er lachte. »Wir nennen es hier so. Keiner will wahrhaben, dass er vielleicht selbst einmal in solch einem Loch verscharrt wird.«

Ein Loch! In der Tat, jetzt erkannte ich, was er meinte. Vor uns öffnete sich ein regelrechter Krater, zehn Schritte im Durchmesser und ebenso tief. Dahinter gab es noch vier weitere davon, zu Dreivierteln zugeschüttet, was darauf schließen ließ, dass sie bereits reichlich gefüllt waren.

»Die schmeißen einen in ein Massengrab?«, fragte ich fassungslos.

»Sicher doch. Keine Zeit, um jedem ein ordentliches Begräbnis zu geben.«

»Gibt es *so* viele Tote hier?«

»Du bist jetzt nicht mal einen Tag hier. Trotzdem hast du schon deine erste Leiche gesehen. Und, glaub mir, heute war ein *guter* Tag!«

Ich schüttelte ungläubig den Kopf. »Aber man sollte doch meinen, dass die Kirche ...«

Er fiel mir ins Wort. »Dass sie besorgt ist um ihre Schäfchen, die sich hier für sie abrackern?«

»Gewiss.«

»Vergiss es.« Er schlitterte vorsichtig den Dreckhügel hinunter, bis an den Rand des Leichenlochs.

So ganz allein auf der Kuppe zu stehen war mir unheimlich, ich fühlte mich schutzlos und verloren, und so folgte ich ihm rasch, obwohl meine Neugier befriedigt war. Wie hatte ich diesen Ort satt! Mein Meister würde sich ein paar heftige Worte gefallen lassen müssen.

Ich kam neben Zeeman zum Stehen und schaute hinab in die Grube. Ein kleiner Tümpel hatte sich an ihrem Grund gebildet. Aus der brackigen Oberfläche ragten Leichenteile.

»Wann schüttet man die ... Gräber zu?«, fragte ich und hielt mir die Nase zu.

»Wenn genug Leichen zusammengekommen sind.« Zeeman lachte, aber diesmal klang es bitter, fast ein wenig verzweifelt. »Wenn wir lange genug hier arbeiten, ist uns ein Platz da unten sicher. Vortreffliche Aussicht, was?«

Ich schwieg, konnte nur den erbärmlichen Anblick

der Totengrube in mich aufnehmen und versuchen zu verstehen, was es bedeutete, wenn man tatsächlich keine andere Wahl hatte, als tagein, tagaus auf dem Bauplatz zu schuften, in dem Wissen, dass jeder Unfall, jedes fatale Missgeschick einen hierher bringen würde, in ein nasses Loch, achtlos hinabgeworfen wie ein Stück Aas. Jetzt sah ich auch die Ratten, die durch das Wasser paddelten, mit schnellen, zuckenden Bewegungen.

»Und dieser Filius liegt irgendwo da unten?«

Zeeman nickte. »Hier, in diese Grube haben sie ihn geworfen.« Er stockte, als ihm augenscheinlich ein Gedanke kam. »Du hast doch nicht vor, dir die Leiche genauer anzuschauen?«

Eilig schüttelte ich den Kopf. »Um nichts in der Welt.«

»Dann, Freund, heißt das wohl, dass du dich auf mein Wort verlässt?«

»Das muss ich wohl.« Als ich ihn ansah, bemerkte ich, dass er mir die Hand entgegenstreckte. Freund, hatte er mich genannt. Fest packte ich seine Hand und schüttelte sie.

»Freund«, bestätigte ich mit einem Lächeln.

Als er mich losließ und sich gerade umwenden wollte, um den Dreckhügel wieder hinaufzusteigen, fiel ihm etwas ein. »Sag mal, der Kerl war aus Rom, wenn mich nicht alles täuscht. Wie ist deine Schwester an ihn geraten?«

Ich schluckte. Normalerweise war ich nie verlegen um Ausreden aller Art, doch in diesem Moment ließ mich mein Einfallsreichtum im Stich. Ob es daran lag, dass mich der Holländer zum Freund erkoren hatte, oder einfach nur an dem furchtbaren Eindruck, den die Massengräber bei mir hinterlassen hatten – ich weiß es nicht.

Er wartete auf eine Antwort, nicht so argwöhnisch

wie zuvor, aber durchaus neugierig. Er würde sich nicht mit meinem Schweigen zufrieden geben.

Im selben Moment aber ertönte ein Prasseln. Erdklumpe rollten den Hügel hinunter, hüpften über die Kante der Grube und klatschten weiter unten ins Wasser.

Zeeman und ich wirbelten herum.

Oben auf dem Hügel, nur wenige Schritte entfernt, stand eine Gestalt. Einen Augenblick später gesellte sich eine zweite hinzu.

Ich wollte grüßen und davongehen, aber Zeeman hielt mich an der Schulter zurück und legte einen Finger an seine Lippen.

»Sie haben uns noch nicht gesehen«, flüsterte er atemlos und ging langsam in die Hocke, um die beiden Gestalten auf dem Erdhügel nicht durch eine rasche Bewegung auf uns aufmerksam zu machen. Ein wenig verwirrt tat ich es ihm gleich.

Die beiden trugen bodenlange dunkle Gewänder und hatten weite Kapuzen über ihre Köpfe geschlagen, deren Öffnungen so groß und schwarz waren wie die Mäuler zweier Riesenfische. Mönche, dachte ich im ersten Moment, doch ich konnte spüren, dass dies keine gewöhnlichen Geistlichen waren. Sie sahen einander an und schienen miteinander zu tuscheln, zu leise, als dass ich etwas hätte verstehen können. Falls sie sich zu den Leichengruben umdrehten, mussten sie uns unweigerlich entdecken, aber noch waren sie zu sehr vertieft in ihr zischelndes Flüstern, um Zeeman und mich wahrzunehmen.

Es dauerte nicht lange, da tauchten sie wieder hinter dem Hügel unter. Ihre Schritte waren nahezu lautlos. Selbst als wir die beiden nicht mehr sehen konnten, war ich noch nicht sicher, dass sie tatsächlich fort waren.

Zeeman richtete sich langsam auf. »Hin und wieder sieht man einen oder zwei von ihnen im Dunkeln über den Bauplatz streifen«, flüsterte er schaudernd. »Sie sprechen nur miteinander, und nur auf Lateinisch. Die Männer gehen ihnen aus dem Weg. Manche sagen, es sind die Geister der früheren Päpste, die bei Nacht über die Arbeiten wachen.«

Ich wusste es besser.

Als sich die beiden abgewandt hatten, war Mondschein unter die Kapuze des einen gefallen und hatte seine Züge und sein Haar beschienen.

Weiße Züge. Weißes Haar.

Es waren Eluciderii. Erleuchtete.

Borgia-Engel wie Angelina.

Krähen kreisten um die Giebel des Papstpalastes. Einige ließen sich auf dem Dach des klotzigen Turmes nieder, den einst Innozenz III. hatte erbauen lassen und der eindrucksvoll die Residenz des Heiligen Vaters überragte. Es gab auch Tauben, eine Unzahl davon, und Faustus entdeckte sogar eine verirrte Möwe, als er etwa zehn Schritte vor dem Portal verharrte und zum Himmel blickte. Er fand es auf amüsante Art beruhigend, dass selbst hier, so nah beim Stellvertreter Gottes auf Erden, der Himmel nicht anders aussah als anderswo.

Die Dämmerung war angebrochen, und bald würden sich die Vögel zurückziehen und den Fledermäusen die Nacht überlassen. Faustus bewunderte die Fledermäuse; sie gingen blind durchs Leben und fanden doch stets den rechten Weg. *Das ist mehr*, dachte er, *als wir Menschen von uns behaupten können.*

In der Tat, mein Meister war in trüber Stimmung. Während ich an Zeemans Seite den Bauplatz erkundete, war Faustus aufgebrochen, um eine Nachricht zu überbringen. Erst viel, viel später erzählte er mir von seinen Zweifeln im Angesicht des Palastes, von der Unruhe, die ihn gepackt hielt, als er sich langsam den uniformierten Wächtern am Eingang näherte.

Die Ansammlung von klobigen, drei- und vierstöckigen Gebäuden ähnelte eher einer Festung als einem Prunkbau. Tatsächlich hatte sie während ihrer langen Geschichte mehr als einmal dazu dienen müssen, ihre ehrwürdigen Bewohner vor feindlichem Ansturm und politischem Ränkespiel zu schützen. Der Palast grenzte an die Kapelle des Sixtinus, noch kein halbes Jahrhundert alt und doch schon weltberühmt. Sie bildete das Bollwerk gegen den Lärm und Schmutz des Bauplatzes, der sich gleich dahinter anschloss.

Das Hauptportal, auf das Faustus nun zuging, befand sich in einer hohen Wehrmauer. Sie umschloss die gesamte Palastanlage. Ein halbes Dutzend Gardisten hielten davor Wache und musterte das Volk am Fuß der Mauer mit stoischen Mienen.

Faustus atmete tief durch, dann griff er unter sein Gewand und zog ein versiegeltes Schreiben hervor. Damit trat er vor einen der Wachleute.

»Verzeiht«, sagte er, »aber könntet Ihr diese Botschaft Massimo Pamphili zukommen lassen?«

»Dem Bibliothekar?«

»Eben dem.«

Der Soldat musterte sein Gegenüber von oben bis unten. Faustus wartete angespannt auf einen Funken des Erkennens in seinen Augen, auf eine Vorwarnung, einen Angriff. Doch der Gardist sah offenbar nichts in ihm, das ihm Anlass zur Unruhe geben konnte, und so nickte er schließlich und steckte das Schreiben ein.

»Ich würde gerne hier auf die Antwort warten«, sagte Faustus ruhig. »Es ist wichtig.«

Der Soldat knurrte etwas, wandte sich dann mit sichtlichem Widerwillen an seinen Vorgesetzten und schilderte ihm leise das Begehr des Fremden. Faustus musste eine weitere Begutachtung über sich ergehen lassen, dann verließ der Gardist endgültig seinen Posten und verschwand durch das Portal im Inneren.

Der Gardehauptmann trat auf Faustus zu. »Wie ist Euer Name?«

»Ludwig Kornfeld.«

»Ihr seid nicht von hier«, stellte der Gardist fest, »aber Ihr seid auch kein gewöhnlicher Pilger. Ihr benutzt für gewöhnlich ein Pferd, auch wenn Ihr jetzt keines dabei habt. Ich kann das an Euren Stiefeln sehen.«

»So habt Ihr wache Augen.«

Der Hauptmann nickte unbescheiden. »Deshalb bin ich hier. Bin ich Euch schon einmal begegnet?«

Faustus verneinte. »Ich denke nicht. Ich bin Buchbinder.«

»Was treibt Euch her?«

Allmählich bereitete der Argwohn des Hauptmanns Faustus Sorge. War es möglich, dass man ihn sogar hier erkannte? Dann würde er all seine Pläne ändern müssen. Noch immer galt er der Kirche als Todfeind und Häretiker.

Äußerlich aber blieb er so gelassen wie zuvor. »Ich trage mich mit dem Gedanken, die Buchbinderei des alten Fabrizio zu übernehmen, unten im Borgo. Kennt Ihr ihn?«

Der Soldat schüttelte widerwillig den Kopf. »Dann werden wir uns gewiss noch öfter sehen.«

»Gut möglich«, sagte Faustus. »Vorausgesetzt, ich kann Euren Bibliothekar vom Wert meiner Arbeit überzeugen.«

Ein letztes Mal glitt der Blick des Hauptmanns an

ihm hinab – die Stiefel hatten es ihm offenbar angetan –, dann trat er zurück an seinen Platz neben dem Portal und ließ Faustus in Ruhe auf Pamphilis Antwort warten.

Es war endgültig dunkel geworden, ehe der Soldat endlich zurückkehrte und Faustus ein Schreiben des Bibliothekars aushändigte. Es trug ein vatikanisches Siegel und war mehrfach gefaltet.

Faustus nickte dem Soldaten dankbar zu, verabschiedete sich und ging betont ruhig davon. Nun galt es, jedes weitere Aufsehen zu vermeiden.

Erst nachdem er um eine Ecke in die engen Gassen des Borgo Leonino eingebogen war, wagte er, das Siegel zu brechen und das Papier zu entfalten.

Mein Freund, stand da in feiner Tintenschrift zu lesen, *du bist ein Narr, hierher zu kommen. Aber ein Narr warst du schon immer, und noch dazu der gerissenste, den ich je getroffen habe. Alles in mir wehrt sich dagegen, deinem Wunsch nach einem Treffen zu folgen, erst recht in diesen Zeiten. Vieles ist geschehen, seit wir uns zuletzt gesehen haben. Der Verfall schreitet voran. Man weiß, dass du in Rom bist. Versteck dich und komm nie wieder ans Tor des Vatikans. Vertrau nicht darauf, dass man dich nicht erkennt. Nicht alle Gardisten sind ungebildete Schwachköpfe. Komm hinunter ans Flussufer unterhalb der Engelsburg, später, wenn die Glocken Mitternacht läuten.*

Massimo

Faustus trat vor eine Fackel, die in einem Eisenring neben einem Hauseingang loderte. Gierig sprangen die Flammen auf das Papier über. Faustus hielt den Brief in Händen, bis das Feuer fast seine Finger erreicht hatte. Dann erst ließ er ihn fallen und sah nachdenklich zu, wie er lautlos und brennend zu Boden schwebte.

3. Kapitel

»Wo ist Angelina?«

Als ich die Tür des Gasthofzimmers öffnete und Faustus' zerfurchte Stirn sah, wusste ich, dass etwas nicht so war, wie es sein sollte.

»Wo ist sie?«, fragte ich noch einmal.

»Sie war fort, als ich vom Vatikan zurückkam.«

»Und wo ist sie hin?«

»Ich bin Schwarzkünstler, Wagner, aber was die Hellseherei angeht, war ich nie besonders …«

Ich schnitt ihm das Wort ab; eigentlich höchst ungebührlich, doch in diesem Moment waren mir die Folgen gleichgültig. »Sie kann nicht einfach allein da draußen herumlaufen«, entfuhr es mir erschrocken. »Sie kann mit niemandem sprechen. Man wird sich über sie lustig machen, weil sie die Maske trägt. Die Stadt ist gefährlich, die Menschen hier sind gefährlich. Ich will nicht, dass sie …«

Der Meister erhob sich von seinem Stuhl, trat auf mich zu und legte seine Hände auf meine Schultern. »Angelina kommt allein zurecht. Du hast sie heute auf dem Bauplatz erlebt. Ihr passiert nichts.«

»Aber wir wissen beide nicht, was wirklich in ihrem Kopf vorgeht«, entgegnete ich verzweifelt. »Was bewirkt die Stadt in ihr? Das Wiedersehen von Orten, die sie kennt? Und was passiert, wenn sie anderen Engeln über den Weg läuft?«

»Anderen Engeln?«

Ich nickte aufgebracht. »Ich habe sie gesehen. Draußen auf dem Bauplatz. Sie waren zu zweit. Aber der Holländer hat gesagt, es gibt noch mehr davon, und dass sie nachts rauskommen und umherstreifen und dass sie …«

»Wagner, Wagner«, sagte er sanft. »Beruhige dich erst einmal. Du bekommst ja kaum noch Luft vor Aufregung.«

Er presste mich hinab auf einen Stuhl vor dem Fenster. Das Zimmer im ersten Stock der Herberge war gerade groß genug für unsere drei Betten. Die Decken sahen aus, als hätten sie lange Zeit kein frisches Wasser mehr gesehen. Über der Tür hing als einziger Wandschmuck ein kleines Kreuz. Man hatte den Boden mit Stroh ausgelegt, das zum einen die Füße wärmte, zum anderen leicht hinausgefegt werden konnte, wenn es gar zu schmutzig wurde. Durch das Fenster drang der Lärm des Viertels herein. Selbst zu so später Stunde trieben sich zahllose Menschen in den engen Gassen herum, zumeist Arbeiter vom Bauplatz und Konkubinen, die den Männern die Tageslöhne aus den Taschen zogen.

Faustus setzte sich mir gegenüber auf eine Bettkante. »Erzähl mir von den Engeln.«

Ich holte tief Luft, dann berichtete ich ihm, was ich erlebt hatte. Zugegeben, ich schmückte die Einzelheiten ein wenig aus – der Steinblock war jetzt haarscharf an mir vorbei gefallen, als er den Arbeiter erschlug –, ansonsten aber hielt ich mich eng an die Wahrheit. Ich erzählte ihm von Zeeman und davon, dass er mich zu den Leichengruben im Westteil des Geländes geführt hatte. Auch von dem Jungen, der sich als Sohn Gottes ausgab, sprach ich, und ich freute mich, dass Faustus anerkennend nickte. Zuletzt beschrieb ich ihm die beiden Gestalten in ihren dunklen Gewändern, flüsternd und unheimlich auf der Hügelkuppe.

»Im Mondlicht konnte ich kurz das Gesicht des einen sehen«, schloss ich meinen Bericht. »Es gibt keinen Zweifel, Meister – er war ein Engel wie Angelina.«

»Und der Holländer sagte, sie sprechen nur Latein?«

»Allerdings. Sie *waren* es, glaubt mir. Mich wundert nur, dass sie sich offen auf dem Bauplatz zeigen. Jeder kann sie dort sehen.«

»Man kann Kämpfer wie sie nicht ewig in den Katakomben unter dem Vatikan einsperren«, mutmaßte Faustus. »Sie sind zu gefährlich.«

Ich dachte an unsere eigenen Auseinandersetzungen mit den Borgia-Engeln am Fuß der Wartburg und musste ihm Recht geben. Egal, womit man auch versucht hatte, ihnen alles Menschliche auszutreiben – ihren Freiheitsdrang konnten nicht einmal die Lehrmeister des Borgia auslöschen. Angelina war der lebende Beweis.

Ich stand auf und klopfte mir Schmutz und Staub von den Kleidern. In einer Kanne am Boden stand Wasser. Ich füllte etwas davon in die Waschschüssel auf dem Fensterbrett und wusch mir Gesicht und Hände. Danach ging es mir nur kaum besser – jeder meiner Muskeln schmerzte von der harten Arbeit –, aber ich fühlte mich ein wenig klarer.

»Wie ist es Euch ergangen?«, fragte ich.

Faustus wurde aus seinen Gedanken gerissen. »Mir …? Nun, ich habe versucht, meine Verbindungen zum Vatikan spielen zu lassen.«

»Mit Verlaub, Herr – die Kirche wünscht sich nichts mehr, als Euch brennen zu sehen. Was für Verbindungen kann da ein Mann wie Ihr haben?«

»Alte Verbindungen, Wagner«, belehrte er mich. »Aus einer Zeit, als mein Name noch nicht jedem dahergelaufenen Dorfpfaffen ein Begriff war. Es war bei meiner Rückkehr aus Ägypten. Ich war geschwächt von … nun, von dem, was ich erlebt hatte.« Wieder diese Geheimniskrämerei! Es war ein Elend! »Ich hatte nicht vorgehabt, für längere Zeit in Rom zu bleiben, aber schließlich wurden es doch vierzehn Monde.«

»Was ist geschehen?«

»Das banalste aller Unglücke – eine Gasthausschlägerei. Ich geriet mitten hinein, obgleich ich keinen der Beteiligten kannte. Ein heimtückischer Hieb traf mich von hinten und streckte mich nieder. Als ich aufwachte, lag ich im Kerker, zusammen mit einigen der anderen Männer, die in den Kampf verwickelt waren. Ich will dich nicht mit den Einzelheiten langweilen – doch es gelang uns schließlich zu fliehen. Drei von uns kamen durch, vier starben. Ich wurde verletzt, und während meine Gefährten verschwanden, wurde ich von einem Wohltäter aufgelesen, einem Gelehrten, wie sich bald herausstellte. Sein Name war Massimo Pamphili. Er versteckte mich vor den Soldaten, und bald kamen wir ins Gespräch. Er erkannte, dass ich über gewisse … Begabungen verfügte, und er wollte, dass ich ihn an meinem Wissen über die geheimen Lehren teilhaben lasse. Ich lehrte ihn einige unbedeutende Kleinigkeiten, doch die meiste Zeit verbrachten wir mit regem Gespräch über die Philosophie und die Schwarze Kunst. Ich blieb bei ihm, bis meine Wunden geheilt waren und kein Hahn mehr nach unserem Ausbruch aus dem Kerker krähte. Dann verließ ich ihn und die Stadt, und etwa ein Jahr später hörte ich, dass man ihn zum Vorsteher der vatikanischen Bibliothek ernannt hatte. Der Borgia selbst war auf ihn aufmerksam geworden, wohl aufgrund der Spielereien, die ich meinem Freund beigebracht hatte – wir wissen ja, dass Papst Alexander über ein gehöriges Maß an Neugier in diesen Dingen verfügte. Seither leitet Massimo die Bibliothek. Papst Leo ist bereits der vierte Heilige Vater, dem er dient.«

Die Erwähnung Alexanders machte mich stutzig. »Wie kann ein Mann, der Euer Freund ist, in die Dienste des Borgia treten?«

»Er tat es nicht für den Papst, sondern für die Bibliothek. Er lebt für diese Bücher.«

»Glaubt Ihr, er weiß etwas über den Zug der Erleuchteten? Und darüber, wie er endete?«

»Ich glaube nicht, dass er all die Jahre im Papstpalast leben konnte, ohne etwas darüber zu hören. Aber hab noch ein wenig Geduld, Wagner. Heute Nacht werden wir mehr wissen.«

»Ihr werdet ihn treffen?«

»Wir beide. Ich möchte, dass du mich begleitest.«

Mein Körper fühlte sich an wie gerädert, und ich war hundemüde. Doch das war nichts im Vergleich zu meiner Sorge. »Angelina ...«, begann ich aufgebracht, doch mein Meister schüttelte den Kopf.

»Vermutlich ist sie bis dahin längst zurück.« Seine Augen funkelten listig. »Deiner Aufregung entnehme ich, dass du meinem Rat gefolgt bist und eine Antwort auf ... nun, auf jene gewisse Frage gefunden hast.«

Ich wich seinem Blick aus. »Vielleicht.«

»Erzähl mir davon, wenn du möchtest.«

»Nein.« Ich wandte mich ab und trat ans Fenster. »Ich glaube nicht, dass ich das will. Nicht jetzt.« Noch während ich sprach, hielt ich unten in der Gasse Ausschau nach Angelina. Für Faustus war das Antwort genug.

»Du magst sie sehr«, stellte er fest.

»Ja.«

Er seufzte und stand auf. Einen Moment lang verharrte er, und ich glaubte schon, er wollte mir mitfühlend auf die Schulter klopfen oder mich gar wie ein Vater umarmen. Dann aber drehte er sich einfach nur um und ging zur Tür.

»Ruh dich jetzt aus.«

»Muss ich morgen wieder dorthin? Auf den Bauplatz?«

»Nein. Ich denke, du hast alles in Erfahrung gebracht, was möglich war.«

Erleichtert sah ich ihn an.

»Du hast das sehr gut gemacht«, fügte er hinzu. »Ich könnte mir keinen besseren Mitstreiter wünschen.«

Stolz erfüllte mich bei diesen Worten, wenngleich mein Kummer über Angelinas Verschwinden davon unberührt blieb. »Danke, Herr.« Es kam selten vor, dass er ein Lob aussprach; nicht, weil er unzufrieden mit mir war, sondern weil er schlichtweg anderes im Kopf hatte.

»Ich lasse dich jetzt eine Weile allein«, sagte er. »Leg dich hin. Versuche, ein wenig zu schlafen.«

»Darf ich fragen, wohin Ihr geht?«

»Aufs Dach.«

Ich muss wohl ziemlich verdutzt dreingeschaut haben, denn er fügte mit einem Lächeln hinzu: »Mach dir keine Gedanken. Schlaf einfach. Ich möchte, dass du bei unserer Verabredung mit Massimo ausgeruht bist.«

»Ja, Herr.«

Er verließ das Zimmer, nicht ohne mich zuvor zu ermahnen, den Riegel vorzuschieben. Dann hörte ich, wie sich draußen auf dem Gang seine Schritte entfernten.

In meinem Kopf herrschte ein wüstes Durcheinander. Die neuen Eindrücke des Tages durchmischten sich mit Gedanken an Angelina und der Frage, was

Faustus wohl hinauf auf das Dach des Gasthofs trieb. Es dauerte nicht lange, da hatte ich den Entschluss gefasst, ihm heimlich zu folgen. Falls er dort oben nach Angelina Ausschau hielt, war das der Beweis, dass er sich insgeheim ebenso um sie sorgte wie ich selbst. Und für gewöhnlich war es kein gutes Zeichen, wenn mein Meister sich Sorgen machte; es bedeutete, dass uns wieder einmal Ärger bevorstand.

Ich verließ die Kammer und drehte hinter mir den rostigen Schlüssel im Schloss. Rasch steckte ich ihn ein und schlich auf Zehenspitzen den Gang hinunter. An seinem Ende führte eine Treppe ins Dachgeschoss.

Hier oben befanden sich die armseligsten Quartiere des Hauses. Es gab keine Wände, nur die beiden Dachschrägen, die hoch oben aneinander stießen. Um trotzdem so viele Gäste wie möglich einzuquartieren, hatten die Wirtsleute Laken gespannt und den Dachboden damit in winzige Parzellen aufgeteilt. Pilger aus aller Welt, die oft jede nur erdenkliche Entbehrung durchlitten hatten, waren dankbar für solch eine Unterkunft, und so kam es, dass die meisten Betten belegt waren. Hinter den Lakenvorhängen hörte ich Schnarchen und Rascheln, als ich mich leise einer Leiter näherte, die hinauf aufs Dach führte. Die Luke stand offen.

Ich kletterte langsam die Sprossen hinauf und horchte auf Schritte, doch nichts war zu hören. Das Dach war mit Tonziegeln gedeckt, selbst in einer Stadt wie dieser keine Selbstverständlichkeit. Die Wirtsleute machten offenbar einträgliche Geschäfte.

Unendlich vorsichtig schob ich meinen Kopf durch die Dachluke. Erst konnte ich meinen Meister nirgends entdecken. Dann aber sah ich ihn am Rand der Schräge sitzen, nur eine Handbreit vom Abgrund eines Innenhofs entfernt. Er saß da mit angezogenen

Knien und hatte die Augen geschlossen. Sein Gesicht wirkte so ruhig und friedlich als schliefe er.

Nach meinem ersten Schrecken wurde ich ruhiger. Ich wollte mich zurückziehen, entschied dann jedoch, noch einen Augenblick länger hier zu bleiben und ihn zu beobachten.

Mein Meister hatte sein Gesicht dem Vatikan zugewandt. Ich konnte die Bauten von hier aus deutlich jenseits der Häuserreihen erkennen. Der Turm des Innozenz überragte den Papstpalast, und auch die Ruinen der Basilika und das neue Säulengeviert waren in der Dunkelheit zu erahnen, im Schein Hunderter von Fackeln. Es war ein erhebender Anblick, beeindruckend in seiner schieren Größe und der Ambition seiner Baumeister.

Tief atmete ich die frische Nachtluft ein. Hier oben war sie um ein Vielfaches klarer als weiter unten im Haus oder in den stinkenden Gassen des Borgo.

Gerade wollte ich wieder nach unten klettern, als aus der Tiefe des Innenhofs ein leises Rascheln empordrang, gefolgt von einem Bellen. Da wusste ich, warum Faustus heraufgekommen war.

Leise schob ich mich weiter aus der Luke. Sie war nahe an der Dachkante gelegen, trotzdem musste ich ganz ins Freie klettern, um einen Blick in den Abgrund zu werfen. Jeden Moment erwartete ich, dass Faustus aus seiner inneren Einkehr erwachte; ich fürchtete, vor Schreck würden wir beide den Halt verlieren.

Doch Faustus hielt weiter die Augen geschlossen, und so gelang es mir, unbemerkt über die Dachkante zu blicken.

Ein rotes Augenpaar glühte in den Schatten des Hofes. Es schaute geradewegs zu mir herauf.

Mephisto!

Ich federte zurück, obgleich er mich natürlich entdeckt hatte. Ich fürchtete, er würde es meinem Meister mitteilen, doch Faustus rührte sich noch immer nicht.

Zwischen ihm und dem schwarzen Hund bestand eine Verbindung aus purer Gedankenkraft. Damals, auf der Wartburg, hatte Mephisto uns auf diese Weise vor den näherrückenden Borgia-Engeln gewarnt. Ich fragte mich, ob er auch diesmal eine Warnung aussprach. Mir schien das unnötig. Größer konnte die Gefahr kaum werden.

Oder doch?

Himmel und Hölle, jetzt wollte ich wissen, was Mephisto dem Meister zu sagen hatte! Was wusste der Teufelshund, das wir nicht wussten?

Ging es vielleicht um Angelina?

Ich musste sie finden! Jetzt gleich! Ungeachtet aller Vorsicht schob ich mich rasch wieder die Schräge hinauf und stieg durch die Luke auf die Leiter. Ich erkannte noch, dass Faustus sich nach wie vor nicht rührte, dann ließ ich mich fallen und landete mit einem dumpfen Laut auf dem Strohbelag des Dachbodens. Eilig lief ich an den wehenden Laken der Schlafkammern vorüber und sprang die Treppen hinunter. In unserem Zimmer gürtete ich atemlos mein Schwert, dann rannte ich ins Freie. Von der Gasthoftür aus konnte ich den Torbogen des Innenhofs nicht sehen, er lag um die Ecke herum auf der anderen Seite des Gebäudes. Ich war recht froh, Mephisto nicht über den Weg laufen zu müssen – und sagte mir zugleich, dass *niemand* ihm rein zufällig begegnete. Was immer im Körper dieses Hundes hauste, es war kein animalischer Geist. Das war mir spätestens seit jenem Augenblick klar, als Angelina und ich auch in Begleitung des Traumvaters eine solche Kreatur entdeckt hatten.

Ich schauderte, als mir Bilder eines schwarzen Schakalschädels durch den Kopf geisterten, gefletschte Kiefer eines Gottes auf den Schultern eines Menschen, die Barke der Toten und die Finsternis in den bodenlosen Schächten ägyptischer Beinkammern. Für wenige Herzschläge glaubte ich zu spüren, wie mich die unvorstellbare Stille dieser Orte übermannte, sich in mir ausbreitete, mich von innen verschlang.

Dann nahm ich all meine Sinne zusammen und stand wieder inmitten des Gassentreibens im Borgo Leonino, fern aller Wüstenmystik und jahrtausendealter Schrecken.

Ein Mann blieb vor mir stehen, gekleidet in die weißen Gewänder eines Predigers mit hochgeschlagener Kapuze. Mit beiden Händen streckte er mir ein Kreuz entgegen, so flehentlich, als sähe er etwas in mir, das es auszutreiben gelte. Ich öffnete den Mund, um ihn davonzujagen, doch im selben Augenblick fuhr der Mann herum und tauchte mit verzerrtem Gesicht in der Menge unter. Von einem Moment zum nächsten war er wie vom Erdboden verschluckt.

Ich hatte keine Zeit, ihm zu folgen oder auch nur allzu lange über die sonderbare Begegnung nachzudenken. Angelinas Wohlergehen war wichtiger als meine Neugier. Ich wandte mich nach rechts, lief bis zum Ende der Gasse und entdeckte dort einen Verkäufer, der aus einem Bauchladen süßes Gebäck anbot.

»Eine Auskunft, Herr«, bat ich. »Habt Ihr vielleicht ein Mädchen gesehen mit einer Ledermaske über dem Kopf?«

Er schüttelte den Kopf und sagte etwas auf Italienisch, das ich nicht verstand.

Ich ließ ihn stehen und lief weiter. Auch der nächste Mann verstand mich nicht. Ich versuchte es bei einer Konkubine, doch sie ging gar nicht erst auf meine Frage ein, sondern wollte gleich zum Geschäft kommen.

Niedergeschlagen eilte ich Richtung Bauplatz, zum einen, weil dies der einzige Weg war, den ich kannte, aber auch, weil ich befürchtete, es könne Angelina zurück zu dem Ort ziehen, an dem sie aufgewachsen war. Bislang war ich davon ausgegangen, dass die Borgia-Engel in den unterirdischen Hallen des Vatikans gefangen gehalten wurden. Doch die abendliche Begegnung mit den beiden Eluciderii am Rand der Leichengrube hatte mich eines Besseren belehrt. Offenbar gewährte man den Engelskriegern sehr wohl den Zutritt zur Oberwelt, nachts, wenn die Dunkelheit ihre katzenhaften Bewegungen noch unheimlicher erscheinen ließ und die Menschen von ihnen fern hielt.

Was aber trieb Angelina zurück zum Vatikan? Sie hatte ihre Entscheidung getroffen und sich gegen die Borgia-Engel gewandt. Warum nun diese verstohlene Heimkehr, mitten in der Nacht?

Ich erreichte die Ausläufer des Bauplatzes. Die Arbeiten waren zu so später Stunde weitgehend eingestellt worden, nur ein paar allzu Emsige hämmerten und schmiedeten noch in den Bauhütten. Die übrigen Männer hatten sich entweder in ihre Quartiere zurückgezogen oder saßen um ein Dutzend flackernder Feuer am Rande des Platzes. Bier schäumte aus großen Fässern, und manch einer grölte wirren Unfug. Weiter hinten in den Schatten standen Schweizer Gardisten und beobachtet das Treiben an den Feuern argwöhnisch. Ein falsches Wort oder der Hauch eines Zwischenfalls, und die Versammlung würde aufgelöst.

Ich stahl mich an einem der Wachtposten vorbei,

umrundete die Feuer und glaubte mich schon sicher auf der anderen Seite der Menge angekommen, als ich plötzlich über einen Körper am Boden stolperte. Ich hielt ihn erst für einen Betrunkenen und wollte meinen Weg rasch fortsetzen, doch dann sah ich, dass der Mann die Uniform eines Gardisten trug und aus einer Platzwunde an der Schläfe blutete.

Mit einem stillen Seufzer fühlte ich seinen Pulsschlag. Der Mann war nur bewusstlos. Es gab kaum Zweifel, wer ihn niedergeschlagen hatte.

Wie lange würde es dauern, ehe man ihn vermisste? Von hier bis zum nächsten Feuer waren es höchstens zwanzig Schritte. Falls man ihn suchte, würde er rasch gefunden werden. Dann würden die Gardisten den Bauplatz durchkämmen.

Ich zögerte kurz, dann packte ich den Bewusstlosen an den Beinen, zog ihn hinter einen Haufen loser Steine und breitete einige Holzlatten über ihm aus. Ein notdürftiges Versteck, gewiss, aber für mehr blieb keine Zeit. Ich musste Angelina so schnell wie möglich finden. Sonst mochte nur der Himmel wissen, in welche Schwierigkeiten sie stolperte.

(Ich kann Eure Gedanken lesen, naseweiser Leser. Ich weiß, dass Ihr nun denkt, der alte Wagner sei endgültig in vernebelter Überschätzung seiner selbst versunken. Angelina stolpert nicht, mögt Ihr denken, oder: wovor kann einer wie Wagner eine wie *sie* schon retten? Gewiss, ich muss Euch Recht geben, Angelina war schnell und flink und überaus geübt im Umgang mit den Waffen. Doch in jener Nacht und an jenem Ort war sie – nun, wie soll ich sagen? – nicht ganz bei sich. Zumindest war das meine Befürchtung, und schon bald sollte sie sich … Aber, halt ein, lose Feder! So lest denn weiter, wenn Ihr mögt, und schimpft mich ein Großmaul, wenn es gerechteren Anlass dazu gibt!)

Mit gezogener Klinge eilte ich gebückt zwischen Holzstapeln und Steinhaufen umher, sprang über Werkzeuge, die man unter gefetteten Tüchern abgelegt hatte und wich Wächtern aus, die über den nächtlichen Platz patrouillierten. Wenn man nicht Acht gab, war es leicht, ihnen in die Arme und Schwerter zu laufen. Mehr als einmal trat einer hinter einer leer stehenden Bauhütte oder einem Marmorblock hervor, und nur mit Mühe konnte ich ihm aus dem Wege gehen, bevor er meiner gewahr wurde.

Kurz vor der Stelle, an der sich einst das Portal befunden hatte, verharrte ich im Schatten. Es war durchaus möglich, dass Angelina kreuz und quer über den Bauplatz irrte, doch schien mir dies eher unwahrscheinlich. Ich vermutete vielmehr, dass sie die alte Basilika aufsuchen würde – oder das, was davon übrig war. Als man sie als Kind hierher gebracht hatte, hatte die Konstantinsbasilika noch gestanden, und es war denkbar, dass Angelina sie noch in ihrem ursprünglichen Zustand gesehen hatte. War es nicht nahe liegend, dass sie einen Ort aufsuchte, der die Erinnerungen an ihre Kindheit, vielleicht gar an ihre Herkunft zurückbringen würde?

Der einstige Innenraum der Basilika lag unter freiem Himmel, seit man das Dach und Teile der Außenmauern abgetragen hatte. Mich wunderte, dass nicht schon hier, am früheren Eingang, Wachtposten standen. Immerhin waren die Gebeine des Petrus, die im Inneren aufbewahrt wurden, eine der wertvollsten Reliquien der Christenheit.

Vorsichtig schob ich mich vorwärts, immer noch im Schatten eines Mauerrests verborgen. Der Spalt, der heute statt eines Tores zwischen den Wänden klaffte, war fast zehn Schritte breit. Das Erdreich war schlammig und von zahllosen Karrenrädern zerfurcht; die tiefen Fahrrinnen schlängelten sich wie pechschwarze Lindwürmer über den Boden, so wenig Licht warf der Mond auf diesen Teil des Platzes. Es war noch nicht lange her, da mussten hier Steinplatten oder zumindest doch Pflastersteine gelegen haben. Jetzt aber hatte man sie herausgerissen, vermutlich, um sie anderswo zu verbauen oder Gruben damit aufzufüllen.

Ich schlich bis zur Mauerkante neben dem Spalt und wagte einen vorsichtigen Blick ins Innere der Basilikaruine. Hier arbeitete so spät in der Nacht niemand mehr, es herrschte bedrückende Stille. Auch sah ich keine Gardisten, die das Grab des Ersten Apostels bewachten. Es war ein weiter Weg von hier bis zum Geviert der neuen Säulen, an deren Fuß sich die unterirdische Grabkammer befand – und ich war sicher, dass sich nirgends ein Mensch aufhielt, niemand, der die wertvollen Reliquien behütete.

Die Gerüste überragten teilweise die Mauern, ihre Enden warfen ein verästeltes Gitterwerk aus Schatten über den Innenraum. Bauhütten kauerten wie schwarze Ungetüme an den Wänden, und überall lagen Bretterstapel, Balken und Steinhügel. Hier und da hatten Steinmetze Statuen abgestellt, Gestalten mit blicklosen Gesichtern, über die sich das Mondlicht wie ein Schleier aus Milch ergoss. Von meinem Standort aus konnte ich mehr als ein Dutzend dieser erstarrten Gestalten erkennen, rechts und links des freien Mittelweges.

Angelina war nirgends zu sehen. Ich vermutete schon, dass sie sich irgendwo in den Schatten verbarg, als ich mit einem Mal einer Bewegung gewahr wurde, am anderen Ende des Kirchenschiffs. *Zwischen den vier Säulen!*

Sie war es. Es gab keinen Zweifel. Eine schmale Gestalt in einem hellen Hemd und engem, dunklem

Beinkleid. Sie hatte die Ledermaske abgenommen, und selbst von hier aus glaubte ich die Verwüstungen ausmachen zu können, die das Feuer in ihrem Gesicht hinterlassen hatte. Sie wirkte sehr klein, sehr verletzlich, so ganz allein am Fuß der titanischen Säulen.

Sie stand einfach nur da und schaute an den Säulen empor. Dabei kümmerte sie sich nicht um die hölzerne Abdeckung zu ihren Füßen, unter der ein Schacht hinab zur Petrusgruft führte. Ihre Ehrfurcht galt etwas ganz anderem, einem Bild in ihrer Erinnerung, dem ersten Mal, als sie an diesem Ort gestanden hatte, als kleines Kind, gebannt von der schieren Größe und Baugewalt der Basilika.

Ihre Haltung, ja, ihre schiere Anwesenheit an diesem Ort strahlte etwas Rituelles aus, eine Geste des Wiedererkennens und der Demut, so als hätte alles andere um sie herum aufgehört zu existieren. Ich hatte schon bei unserer gemeinsamen Ankunft auf dem Bauplatz bemerkt, dass sie immer wieder verstohlene Blicke zur Ruine der Basilika geworfen hatte, doch da hatte sie sich noch zurückgehalten, vermutlich, um unsere Tarnung nicht zu gefährden. Jetzt aber stand sie ihrer eigenen Vergangenheit gegenüber und war ganz davon gefangen. Gut möglich, dass sie beim Anblick der zerstörten Basilika eine gewisse Ähnlichkeit mit sich selbst entdeckte, einst ein erhabenes Geschöpf, jetzt ein Krüppel, der sich vor dem Spott der Menschen hinter einer Maske verstecken musste. Auch dieses Gotteshaus war einst schön und prachtvoll gewesen, während jetzt nicht viel mehr davon übrig war als ein Wrack, das man plünderte, um etwas vollkommen Neues daraus zu machen.

Angelinas Anblick schmerzte mich, und ihre Melancholie sprang selbst aus dieser Entfernung auf mich über. Sie hatte mich noch nicht gesehen, und das war gut so. Um nichts in der Welt wollte ich sie in diesem Augenblick stören, so ganz allein mit sich selbst, so gänzlich im Netz ihrer Erinnerungen verstrickt.

Und dann sah ich die anderen.

Wir waren mitnichten allein. Die Basilika und der Weg zum Grab wurden sehr wohl bewacht – wenn auch nicht von Gardisten, wie ich vermutet hatte.

Auf den Gerüsten und Mauern saßen Engel.

Kauerten wie Vögel, abwartend, während ihre dunklen Gewänder zu beiden Seiten ihrer Körper herabhingen wie lahmgewordene Schwingen. Ich zählte fünf von ihnen, doch weitere verbargen sich vermutlich in den Schatten.

Ich zog mich zurück, ehe sie mich entdecken konnten.

Doch warum sahen sie Angelina nicht, so wie sie dastand am Fuß der Säulen, ganz offen und schutzlos?

Mir fielen nur zwei Möglichkeiten ein. Die eine war, dass es ihr tatsächlich gelungen war, an ihnen vorüberzuschleichen und sie mit den eigenen Waffen zu schlagen – mit dem übermenschlichen Geschick, das die Borgia-Engel den gewöhnlichen Sterblichen voraus hatten. Sie erwarteten nur Menschen – keine ebenbürtigen Angreifer. Vielleicht hatte sie das nachlässig gemacht.

Die zweite Möglichkeit war ungleich erschreckender. Wussten die Engel, dass Angelina heimgekehrt war? Und gestatteten sie ihr diesen letzten Moment der Einkehr und des Friedens aus Respekt vor einer verschollenen Schwester? War es nur noch eine Frage der Zeit, ehe sie sich mit flatternden Mänteln und blitzenden Klingen auf sie stürzten?

Mir rann der Angstschweiß in Strömen übers Gesicht. Was konnte ich tun? Mich zu erkennen geben und die Engelskrieger von Angelina ablenken, um ihr so vielleicht die Flucht zu ermöglichen?

Aber *wollte* sie denn überhaupt fliehen? Vielleicht hatte sie endlich Frieden gefunden, hier an diesem Ort, der einstmals ihre Heimat war.

Je länger ich darüber nachdachte, desto wahrscheinlicher erschien mir dieser Gedanke.

Und dennoch – es durfte nicht sein! Ich würde nicht zulassen, dass sie Angelina ein Leid zufügten, ganz gleich, was diese Entscheidung für mich selbst bedeutete.

Ich zog mein Schwert und trat in die Mitte des Mauerspalts.

»He da!«, rief ich laut ins Innere des zerstörten Kirchenschiffs. Meine Stimme hallte verzerrt von den Wänden wider.

Und noch einmal: »He da!«

Angelina erwachte zwischen den Säulen aus ihrer erstarrten Andacht und blickte zu mir herüber. Ich hätte gerne ein letztes Mal in das ozeanische Blau ihrer Augen geschaut, ein letztes Mal ihre Hand berührt.

Zugleich aber ertönte von mehreren Seiten ein unmerkliches Flattern wie von Tauben in einem Kirchturm, irgendwo hoch oben, verborgen im Gebälk. Sie kamen!

Es waren drei, die sich in Bewegung setzten, an den Gerüsten herabglitten wie Schatten von Nachtvögeln. Ich schnappte nach Luft, dann warf ich mich herum und hastete davon, fort von dem Mauerspalt, hinaus ins Freie und in den Schutz zweier Bauhütten, die so eng beieinander standen, dass nur ein einzelner Mensch zwischen ihnen hindurchpasste. Die Schneise zwischen den Holzwänden war mehr als fünfzehn Schritte lang. Ich fühlte mehr, als dass ich es sah, wie meine Gegner die Verfolgung aufnahmen. Sie riefen mir nicht hinterher, forderten mich nicht zur Aufgabe auf. Vermutlich wussten sie, wer ich war. Sie hatten klare Anweisungen, wie mit Faustus und seinem Gefolge zu verfahren war. Falls sie mich nicht gleich erschlugen, würden sie mich in irgendein Kerkerloch werfen.

Meine Verfolger waren zu dritt. Das bedeutete, dass Angelina es mit mindestens zwei weiteren von ihnen zu tun hatte, wahrscheinlich aber mit mehr. Sie aber war eine Kämpferin, die ihren Gegnern ebenbürtig war, während ich nur überleben konnte, indem ich mich versteckte oder sonstwie einem Kampf aus dem Weg ging.

Ich erreichte das Ende der Schneise und sah, dass rechts von mir ein halbes Dutzend Balken an der Wand der Bauhütte lehnte. Ich gab ihnen mit aller Kraft einen Stoß, der sie mit lautem Gepolter umstürzen ließ. Sie fielen genau vor die Schneise. Hoffentlich würden sie die Engelskrieger eine Weile aufhalten.

Ich wartete nicht ab, was geschah, sondern rannte weiter, schlug einen Haken um einen Hügel aus Bruchstein und stolperte dahinter beinahe über weitere Balken, die achtlos verstreut am Boden lagen. Hastig balancierte ich darüber hinweg, um gleich dahinter wieder schneller zu werden.

Die Außenmauer die Basilikaruine war jetzt rechts von mir. Ganz in der Nähe war der Arbeiter von dem Steinblock erschlagen worden. Bevor ich die Stelle erreichen konnte, bog ich nach links und hetzte in südlicher Richtung zwischen den Hütten und Hügeln dahin. Jeden Augenblick fürchtete ich auf eine Gardistenpatrouille zu stoßen, doch noch blieb das Glück mir hold.

Glück! Von wegen! Hinter meinem Rücken ertönte

ein Flattern, dann sauste eine Klinge über mich hinweg, verfehlte meinen Schädel nur um Fingerbreite. Ich blickte über die Schulter zurück und sah einen Borgia-Engel mit wehendem Gewand. Seine Kapuze war zurückgeglitten und enthüllte sein helles Gesicht und das weißblonde Haar. Er war hager, die Wangenknochen spitz, und seine Augen leuchteten im gleichen Blau wie die Angelinas. Er hätte in der Tat ihr Bruder sein können.

Ich blieb nicht stehen. Mich auf ein Gefecht mit ihm einzulassen war aussichtslos. Er würde mich innerhalb weniger Herzschläge töten. Ich war ein guter Fechter, gewiss, nicht ungeschickt im Umgang mit Klingen aller Art – doch einem der Eluciderii war ich nicht gewachsen.

Eine Grube rettete mir das Leben. Ich sah sie im letzten Moment und sprang darüber hinweg, während der Engel, der schon für seinen nächsten Schwerthieb zielte, mit dem rechten Bein ins Leere trat und bis zu den Hüften im Boden verschwand. Seine eigene Geschwindigkeit ließ ihn vornüber taumeln, er verhedderte sich in seinem Gewand und stürzte. Geschickt fing er sich mit der Linken ab.

Ich verlor ihn aus den Augen, als ich um einen mannshohen Stapel von Holzbohlen bog und keuchend nach Westen lief. Irgendwo vor mir lagen in der Finsternis die Leichengruben. Falls es den Engeln gelang, mich einzuholen, war ich dort gewiss gut aufgehoben.

Ich setzte über einen Erdwall hinweg, verfing mich mit dem Fuß in einem Gewirr aus Wurzeln und schlug der Länge nach hin. Ich stöhnte laut auf, als mir der Aufprall die Luft aus den Lungen presste. Mühsam drehte ich mich um, übersah dabei die Kante des Walls und rollte auf der anderen Seite nach unten – geradewegs auf den Rand einer Leichengrube zu.

Etwas rauschte über mich hinweg, und dann war da plötzlich ein Körper, der meinen Sturz aufhielt, unmittelbar vor der Grube. Eine Hand packte mich am Oberarm und zerrte mich auf die Beine.

»Angelina!«

Sie schüttelte nur rasch den Kopf und deutete mit ihrem Schwert den Erdwall hinauf. Dort konnten jeden Moment meine Verfolger auftauchen. Meine eigene Klinge war mir bei dem Sturz entrissen worden, ich fand sie einen Schritt entfernt im Dreck. Als ich sie packte und wieder aufschaute, erschien der erste Borgia-Engel auf dem Hügel. Trotz der Gefahr blickte ich erst zu Angelina hinüber. Ich musste wissen, ob es ihr gut ging.

Ihr weisses Hemd war voller Blut.

»Deines?«, fragte ich mit schwacher Stimme und deutete auf die dunkelroten Flecken.

Wieder schüttelte sie den Kopf. Wie sehr wünschte ich mir in diesem Moment, ihr erstarrtes Gesicht hätte mehr über ihr Inneres verraten. War sie verletzt? Hatte sie Schmerzen? Und was ging in ihr vor, nun, da sie erneut gegen Ihresgleichen kämpfte?

Ein zweiter Borgia-Engel tauchte hinter der Hügelkuppe auf, ein schwarzer Umriss wie von einer riesenhaften Krähe. Es war dunkel, nur das Mondlicht beschien unsere Körper und Klingen. Der Lärm der Arbeiter am Feuer drang kaum noch bis hierher, nur ein feines Säuseln trug der Wind über die Erdhügel.

Die Borgia-Engel bezogen nebeneinander Stellung. Auch ich nahm meinen Platz neben Angelina ein. Hinter uns lag nur ein schmaler Erdstreifen von zwei Fuß Breite, jenseits davon klaffte der Abgrund der Leichengrube. Unten, im hüfthohen Wasser, plätscherte es leise: Ratten beim Mitternachtsmahl.

Die Engel griffen nicht mit einem Kampfschrei an, wie viele es tun, um den Gegner zu verunsichern. Sie machten auch keine höhnischen Bemerkungen, die uns hätten einschüchtern sollen. Ihr Angriff kam schweigend und mit der Präzision eines Rasiermessers.

Der eine sprang auf Angelina zu und rammte seine Klinge gerade nach vorn. Ich sah noch, wie sie die Attacke durch eine rasche Drehung ihrer Waffe parierte, dann hatte ich selbst genug damit zu tun, am Leben zu bleiben.

Das Schwert des zweiten Engels hieb auf mich nieder, und wäre ich nicht im letzten Augenblick zur Seite gesprungen, es hätte mich wohl entzwei gehauen. Der Abhang des Hügels, den mein Feind herabgesprungen war, gereichte ihm beim Angriff zum Vorteil – doch nachdem ich ausgewichen war, gab es nichts mehr, das seinen Lauf bremste. Mit einer Flinkheit, die ich sonst nur von Angelina kannte, federte er am Rand der Grube zurück. Er schwankte nicht, er zögerte nicht – stattdessen setzte er mir mühelos nach, als ich mich daran machte, seitlich das Grab zu umrunden. Das Erdreich war weich, und ich fürchtete bei jedem Schritt, abzurutschen. Doch irgendwie gelang es mir dennoch, die andere Seite der Grube zu erreichen, ehe mein Gegner mich abermals einholen konnte.

Angelina drehte sich auf der gegenüberliegenden Seite des Grabes wie ein Kreisel, ein rasender Derwisch, der in einer Folge – zu schnell für das menschliche Auge – mit der Klinge des Schwertes zuschlug. Ihr Gegner wurde davon überrascht. Während die Borgia-Engel nur gegeneinander und gegen ihre Lehrmeister kämpften, hatte Angelina während all der Monate mit Faustus und mir andere Feinde getroffen, war notgedrungen in einer Vielzahl von Stilen und Taktiken geschult worden. Und sie war geschickt genug, das Dazugelernte mit den Finten und Attacken ihrer Ausbildung zu verbinden.

Sie erschlug den Borgia-Engel so mühelos, dass ich die Tatsache seines Todes erst wirklich wahrnahm, als sein Leichnam auf der Wasseroberfläche aufschlug.

Dann war auch schon mein eigener Gegner wieder heran, stach nach mir, verwandelte seinen Angriff blitzschnell in einen Schlag und streifte mit der Spitze meinen linken Oberarm. Ein brennender Schmerz raste durch meine Muskeln, ich taumelte nach hinten, verlor den Halt – und stürzte in die Grube.

Ein lauter Schrei entrang sich meiner Kehle, als ich mit Rücken und Kopf zuerst ins Wasser klatschte, untertauchte und mich sogleich in einem Gewirr aus Armen und Beinen verhedderte – *toten Armen und Beinen!* Ich schrie noch viel lauter, als ich wieder an die Oberfläche kam, strampelnd und um mich tretend, so als wären all die Toten zum Leben erwacht und hätten es auf mich abgesehen. Ich riss die Augen auf und starrte in das zerfressene Gesicht einer Leiche; ich schlug mit der Hand nach rechts und traf eine Ratte; ich trat nach unten und spürte meine Sohle über ein fremdes Gesicht rutschen, das sich unter meinem Stiefel in seine Bestandteile auflöste; mein anderer Fuß bohrte sich in einen Rippenkäfig, morsch geworden vom Wasser und den Zähnen der Aasfresser.

Und dann, als ich meine Sinne gerade genug beisammen hatte, um mir bewusst zu werden, dass ich nicht von Toten in die Tiefe gezerrt oder von Ratten bei lebendigem Leib gefressen wurde, schaute ich auf – und sah etwas auf mich herabstürzen.

Groß. Schwarz. Flatternd.

Der tote Borgia-Engel traf mich am Kopf und warf

mich zurück. Sein Gewicht drückte mich unter Wasser. Dann wurde für eine Weile alles dunkel um mich herum, und als ich die Augen wieder aufschlug, zerrte mich Angelina gerade über eine schmale Rampe ins Trockene. Ich blickte an mir herab und sah, dass ich über und über beschmiert war – mit Schlamm und Schlimmerem. Angelina bemerkte, dass ich unversehrt war und umarmte mich stürmisch. Der Schmutz und die widerlichen Überreste der Leichen kümmerten sie nicht, als sie sich an mich drückte und mir einen langen Kuss auf die besudelten Lippen gab.

Ehrlich gesagt, wusste ich kaum, wie mir geschah, und dann, als sie mich losließ, wagte ich nicht, mir den Schmutz vom Gesicht zu wischen, aus Angst, sie könnte meinen Ekel missverstehen. Dabei hätte ich kaum verwirrter sein können durch dieses Ebenmaß an Glück und Schrecken. Glück, weil sie ihre Gefühle so offen gezeigt hatte, und Schrecken über das, was wir gerade erlebt hatten.

Sie ließ mir keine Zeit, über die Lage nachzudenken. Stattdessen zerrte sie mich auf die Beine und zeigte nach Süden. Ich verstand und nickte. Spätestens meine Schreie mussten andere Wächter auf uns aufmerksam gemacht haben. Und gewiss waren auch weitere Borgia-Engel unterwegs hierher. Wie viele hatte Angelina jetzt im Handstreich besiegt? Mindestens fünf! Wir erklommen weitere Erdhügel und überquerten dabei immer wieder ebene Flächen inmitten dieses Irrgartens aus Wällen, Steigungen und Abhängen. Nach der zweiten wurde mir klar, dass es sich um zugeschüttete Leichengruben handeln musste. Wie viele Menschenleben hatte der Bau der Kathedrale bereits gefordert? Und wie viele weitere Männer würden noch sterben, ehe die Kuppel des Petersdoms endlich an ihrem Platz ruhte?

Meine Vorstellungskraft reichte nicht aus, mir all das Grauen vorzustellen, die Schmerzen, die Qual. Den Abgrund aus Dunkelheit unter dem hellen, strahlenden Antlitz der Kathedrale, die sich dereinst an diesem Ort erheben sollte.

Wir erreichten den Rand des Bauplatzes an einer Stelle, an der keine Lagerfeuer brannten und keine Patrouillen auf und ab gingen. Angelina musste diesen Ort bereits auf dem Hinweg ausgekundschaftet haben. Hinter uns hörten wir Rufe, und ich sah ferne Fackeln in der Finsternis tanzen wie Irrlichter. Dennoch – unsere Verfolger waren viel zu weit hinter uns. Sie würden uns nicht mehr einholen.

Ich vermutete, dass die Gardisten spätestens morgen früh damit beginnen würden, das Borgo Leonino zu durchstreifen. Unsere Spur war leicht zu verfolgen – ein Mann und eine Frau, zum Himmel stinkend nach Leichen und Tod. Man würde nach uns suchen, und wir mussten uns wohl oder übel damit abfinden, dass wir uns lediglich eine Gnadenfrist verschafft hatten. Blieben wir länger in der Stadt, würde man uns früher oder später fangen.

Meinem Meister würde das nicht gefallen. O nein, ganz gewiss nicht.

Während wir nebeneinander eine Gasse hinabstürmten, warf ich immer wieder verstohlene Blicke zu Angelina hinüber. Sie hatte ihre Maske übergestreift und blickte starr geradeaus. Ich fragte mich, was hinter diesem Gesicht aus Leder und Narbengewebe vorging. Was dachte sie? Was *fühlte* sie? Sie hatte mir gerade das Leben gerettet. Und sie hatte mich geküsst. Muss ich beschreiben, was in *mir* vorging?

Wir drangen tiefer in das Gewirr des Borgo ein, passierten in einem wirren Zickzack Gassen und Plätze, um unsere Gegner irrezuführen. Mein eigener Gestank machte mir mehr zu schaffen, als ich mir eingestehen wollte. Angelina ertrug den fauligen Odem mit stoischer Gelassenheit; ich aber kämpfte immer wieder mit heftigem Würgereiz und dem Drang, mir alle Kleider vom Leib zu reißen. Ich ekelte mich vor mir selbst und hätte heulen können vor Übelkeit.

Als wir genügend falsche Fährten gelegt hatten, traten wir über verlassene Höfe und durch dunkle Schneisen den Rückweg zum Gasthof an.

Bei unserer Ankunft fanden wir Zimmer und Dach verlassen vor.

Faustus war fort.

Roms Glocken läuteten Mitternacht.

4. Kapitel

Rätselhaft raunte der Fluss in der Dunkelheit. Der Mond streute sein Licht wie Silbermünzen über die Oberfläche. Auf der anderen Seite des Tibers flackerten noch vereinzelt Kerzenschein und Kaminfeuer in den Fenstern, doch hier, am Fuß der Engelsburg, gab es kein Zeichen von Leben. Der schlammige Uferstreifen war verlassen – bis auf eine einsame Gestalt, die sich jetzt aus den Schatten der Festungsmauern löste und herab ans Wasser trat.

Faustus beugte sich vor, streckte Daumen und Zeigefinger ins seichte Uferwasser und zerrieb die Feuchtigkeit zwischen seinen Fingerspitzen. Er berührte sie mit der Zungenspitze, schmeckte mit anderen Sinnen als gewöhnliche Menschen und runzelte die Stirn. Sonderbar. Dieser Geschmack, wie von …

»Faustus!«

Mit wirbelndem Gewand drehte er sich um. Ein Lächeln erschien auf seinem hageren Gesicht. »Massimo«, entfuhr es ihm erleichtert.

Ein Mann war wie aus dem Nichts hinter ihm aufgetaucht und kam jetzt näher.

Der Boden war an dieser Stelle steinig und mit Flechten überwachsen. Der runde Koloss der Engelsburg erhob sich über ihnen wie ein eherner Wachtposten. Falls Soldaten auf ihren Zinnen standen, konnten sie die beiden Männer im unbeleuchteten Dunkel des Ufers unmöglich sehen. Nicht weit von hier klaffte ein niedriger Torbogen im Mauerwerk. Dahinter lag nichts als dräuende Schwärze. Da es keine Torflügel gab, nahm Faustus an, dass es sich um einen blinden Unterstand handelte. Vermutlich endete er nach wenigen Schritten vor einer Mauer.

Massimo Pamphili war kleiner, als Faustus ihn in Erinnerung hatte – und älter. Sehr viel älter. Die Amtszeiten von vier Päpsten, jeder auf seine Art irrsinniger als der vorherige, hatten Spuren in seinem Gesicht hinterlassen. Seine Wangen hingen genauso schwer wie seine Tränensäcke, und seine Nase war rot und stark geädert, ein Hinweis auf zu viel guten Wein. Faustus erinnerte sich, dass Pamphili schon früher viel getrunken hatte, und manches ihrer Gespräche hatte in wüstem Rausch geendet. Was dem Bibliothekar jedoch tatsächlich den Anschein eines Alters gab, das er an Jahren gar nicht innehatte, waren seine Augen. Müde Augen.

»Faustus, mein Freund«, sagte er und umarmte den Doktor. Ein ungesundes Krächzen lag in seiner Stimme. »Du hast dich nicht verändert ... So hast du also damals die Wahrheit gesagt über das, was in Ägypten geschehen ist.«

Faustus lächelte. »Du hast doch nie ernsthaft daran gezweifelt.«

»Nicht, nachdem ich dich besser kannte. Nein, ganz gewiss nicht.«

Noch immer lagen Pamphilis Hände an Faustus' Oberarmen, so als könne er nicht fassen, dass der Doktor ihm tatsächlich gegenüberstand. »Du weißt, warum ich hier bin.«

»Du kommst gleich zur Sache. Das hattest du mir schon damals voraus. Kein Sinn für Schwatz.«

»Falls der Papst wirklich weiß, dass ich in Rom bin, werde ich mich nicht lange vor ihm verstecken können.« Dabei strich Faustus' Blick an der trutzigen Mauer der Engelsburg hinauf, finster und bedrückend am Westufer des Tibers.

»Hier wird dich niemand suchen«, versicherte ihm der Bibliothekar. »Wir sind hier nur ein paar Speerwürfe vom Papstpalast entfernt. Der Papst würde dich viel zu gerne in den Kerkern der Engelsburg sehen, als dass er hier nach dir suchen würde. Keiner geht freiwillig so nah an dieses Gemäuer heran. Die Menschen fürchten die Burg. Aus gutem Grund.«

»Die Kerker sind immer noch voll?«

»Bis zum Überquellen. Es gibt Massenhinrichtungen, um Platz in den Verliesen zu schaffen.«

»Böse Zeiten.«

Pamphili stieß einen tief empfundenen Seufzer aus. »In der Tat.«

»Nun, Leo mag kein guter Papst sein, aber gewiss ist seine Herrschaft nicht so schrecklich wie die des verruchten Borgia«, wandte Faustus ein.

»Meinst du?« Pamphili hob eine Augenbraue; es sah aus, als fiele ihm selbst das schwer, als ziehe das Gewicht der Tränensäcke seine Lider nach unten. »So unglaublich es klingen mag, aber es war vieles besser unter Alexander. Oder sagen wir, geordneter.«

»Ich glaube nicht, dass irgendwer den Borgia vermisst.«

»Mehr als du denkst«, widersprach der Bibliothekar. »Weit mehr.«

»Warum sollte sich irgendwer nach ihm zurücksehnen?«

»Weil die Dinge damals eine gewisse Klarheit besaßen.«

»Alexander Borgia war ein Wahnsinniger!«

»Unbestritten. Aber sein Wahn folgte Mustern, die man durchschauen konnte. Seine Nachfolger dagegen … Nach außen hin mag manches besser, sogar angenehm erscheinen. Doch glaub mir, das Innere des Vatikans ist wie ein trockenes, verkrustetes Herz, das man dem Leichnam des Christentums entrissen hat. Es ist keine Wonne, dort zu leben. Nicht einmal, wenn man es versteht, sich von den meisten Ränkespielen und Intrigen fern zu halten.«

»Aber der Borgia war …«

»Mit dem Teufel im Bunde?«, fragte Pamphili amüsiert. »Das sagt man auch über dich.«

»Er war ein hundertfacher Mörder«, führte Faustus ungerührt seinen Satz zu Ende. »Er hat in den Hallen des Papstpalastes Schwarze Messen zelebriert und Menschen geopfert.«

Der Bibliothekar schmunzelte. »Erzähl mir von Ägypten, Faustus. Was ist dort vorgefallen, das weniger schlimm war als die Taten des Borgia?«

Faustus verstummte betroffen. Er wandte sich ab und ging mit zwei schnellen Schritten ans Wasser. Nachdenklich blickte er über die schwarze Oberfläche, sah den Fluten nach, wie sie Richtung Meer flossen.

Pamphili trat von hinten an ihn heran. »Lass uns nicht streiten, Freund. Du möchtest etwas von mir wissen, und ich bin gekommen, um dir Antworten zu geben.«

Der Doktor atmete scharf durch und nickte. Als er sich wieder zu dem alten Mann umdrehte, dachte er wieder, wie matt Pamphili aussah. Wie ausgebrannt.

»Was weißt du über den Zug der Erleuchteten?«

»Ich hörte, dass eine der Eluciderii an deiner Seite reist. Ist sie der Grund für deine Neugier?«

»Die Borgia-Engel haben versucht, uns umzubringen. DeAriel hat sie angeführt.«

»Satans Kardinal«, wisperte Pamphili gedankenverloren. »Die rechte Hand der Päpste.«

»DeAriel ist tot. Er und Asendorf hatten sich verbündet, um mich zu fangen.« Faustus zögerte. »Asendorf wurde …«

»Ich hörte davon«, unterbrach ihn der Bibliothekar. »Man hat ihm das angetan, was er selbst Hunderten antun ließ.«

Faustus nickte. »Er wurde zu Tode gefoltert.«

»Nein, nicht zu Tode. Konrad von Asendorf lebt – wenn man es denn so nennen will.«

»Er lebt?« Der Doktor war ernstlich erstaunt. »Ist er hier in Rom?«

Pamphili lächelte wieder, aber es wirkte bitter. »Man hat ihn hergebracht, ja. Das, was von ihm übrig geblieben ist. Deine Gauklerfreunde haben ganze Arbeit geleistet.«

»Er wurde nicht auf mein Geheiß gefoltert.«

»Du hast es nicht verhindert.«

»Asendorf hätte mit Vergnügen die gleichen Dinge mit mir angestellt.«

Der alte Mann seufzte. »Sie haben ihm die Knochen gebrochen. Ihm die Fingernägel gezogen. Sein Haar bis auf die Haut verbrannt. Sein ganzer Leib wurde zerschnitten. Und sie haben ihm die Fußsohlen abgeschält. Er wird nie wieder laufen können, auch nicht auf Krücken.«

»Es überrascht mich, dass sie ihm das Augenlicht ließen«, bemerkte Faustus kühl.

»Eines seiner Augen ist blind«, sagte Pamphili. »Aber mit dem anderen sieht er. Er hält Ausschau … Rate, nach wem, Faustus.«

»Du hast meine Frage noch nicht beantwortet.«

»Nach dem Zug der Erleuchteten? Gewiss weiß ich davon. Die armen Kinder.«

»Was genau ist damals geschehen?«

»Vieles wirst du bereits wissen, nehme ich an. Alexander ließ den Priestern in mehreren Ländern Botschaften übermitteln, in denen er ihnen auftrug, alle Kinder mit hellblondem Haar und blauen Augen zu melden. Wurde ein Priester fündig, kamen Boten und begutachteten die Kleinen. Befand man sie für tauglich, wurden sie mitgenommen.«

»Sie wurden entführt«, stellte Faustus richtig »Und ihre Eltern und Geschwister verschwanden spurlos, damit niemand unangenehme Fragen stellte. Ganze Familien wurden ausgerottet. Aber wofür, Massimo? Was bezweckte der Borgia damit, die Kinder zu dem zu machen, was sie heute sind?«

»Er war so grandios, so beispiellos.«

»Beispiellos in seiner Grausamkeit.«

»Auch das«, bestätigte der Bibliothekar. »Ganz gewiss sogar. Aber es steckte so viel mehr dahinter. Eine so unfassbare Vision.«

»Welche Vision konnte ein Mann wie Alexander haben, die nichts zu tun hatte mit Weibern und mit Wein und mit Dingen, denen er die Syphilis verdankte?«

»Dieselbe wie du selbst, Faustus. Die Vision der Unsterblichkeit. Der Borgia wollte ewig leben. Wer kann ihm das verübeln? Und er hat einen Weg gefunden. Einen, wie er gewagter und ungewöhnlicher nicht hätte sein können. Er vollbrachte Beschwörungen, aber das hat er sein Leben lang getan. Doch dann gelang ihm eine, in deren Verlauf ihm neue ... Möglichkeiten offenbart wurden. *Unglaubliche* Möglichkeiten!«

»Das klingt, als würdest du ihn bewundern.«

»Nicht seine Verbrechen. Nur seinen Genius. Seine Zielstrebigkeit. Du würdest anders über ihn denken, hättest du ihn gekannt. Er trug eine Maske wie deine junge Freundin, weil ihm die Syphilis das Gesicht zerfressen hatte. Aber hinter dieser Maske, hinter dem zerstörten Gesicht, sogar hinter all dem Bösen und Triebhaften seines Wesens, da war ein Geist ... ein grenzenloser, gottloser, genialer Geist, Faustus! Ein

Mann wie du hätte endlose Gespräche mit ihm führen können. Und du hättest ihn gemocht. Zumindest einen Teil von ihm. Jenen Teil, der dir so ähnlich ist.«

Faustus starrte Pamphili lange an, bis der Bibliothekar seinem Blick nicht mehr standhalten konnte und schuldbewusst zu Boden sah. »Was genau hat er getan?«

Ein kühler Wind strich über den Fluss heran. Der alte Mann rieb sich fröstelnd die Hände. »Er hat ein Pantheon erschaffen. Ein Pantheon aus Menschen, um darin wieder geboren zu werden.«

»Ein … Pantheon?«

»Kinder, Faustus. Er ließ Kinder heranbringen, von überall. Aus ihnen wählte er drei aus. Der Rest von ihnen wurde in den Katakomben eingeschlossen und zu Engeln ausgebildet, zu Kriegern des Herrn. Aber mit jenen drei hatte er einen anderen Plan. Die Kräfte, die er heraufbeschworen hatte, sollten ihm dabei behilflich sein.«

Faustus begriff allmählich. »Die lebende Dreifaltigkeit. Der Vater und der Sohn und der Heilige Geist.«

»Ja«, sagte Pamphili mit einem Nicken. »Die Dreifaltigkeit. Die Herrscher über den Himmel. Diese drei Kinder waren Auserwählte, in denen er sich selbst, seine Tochter Lucrezia und seinen missratenen Sohn Cesare wieder auferstehen lassen wollte. Es war alles bis ins Letzte geplant. Alexander hatte erkannt, dass der Himmel, wie die Kirche ihn sich seit jeher vorstellt, nicht existiert. Kein Gott, Faustus, kein Sohn und kein Heiliger Geist. So beschloss er, einen eigenen Himmel, ein eigenes Pantheon zu errichten. Er wollte die drei Kinder zu einer neuen Dreifaltigkeit erheben, greifbar für die Menschen, keine fernen Wesenheiten, an die zu glauben selbst uns im Vatikan mit jedem Tag schwerer fällt. Nein, aus Fleisch und Blut sollten sie sein. Ein Kind als Dominus, eines als Filius und eines als Spiritus Sanctus. Mit Hilfe der Magie wollte Alexander seinen eigenen Geist in den neuen Herrn übertragen, den Cesares in den Sohn und den Lucrezias in den Spiritus. Und, glaub mir, Faustus, er *hatte* die Mittel dazu! All die Beschwörungen, die Schwarzen Messen, die Opferungen, sie hatten einen Grund. Der Borgia hatte sich durch sie Verbündete erkauft, Verbündete von jenseits unserer Wirklichkeit.«

»Die drei Borgias wollten als neue Dreifaltigkeit über eine Armee von Engeln herrschen«, murmelte Faustus. »Und damit über die Welt.«

Pamphili winkte ab. »Ein neuer Glaube – das war das Ziel. Ein einziger Glaube für die Welt, eine einzige Gottheit.«

»Wie es scheint, habe ich Alexanders Größenwahn tatsächlich unterschätzt – auch wenn das schwer vorstellbar ist.«

Die Miene des Bibliothekars verfinsterte sich. »Größenwahn? Vielleicht. Aber seine Ziele hatten einen höheren Sinn. Die Rückkehr des einen reinen Glaubens. Ein neues Christentum.«

Faustus gefiel der Tonfall seines alten Freundes nicht, aber bevor er ihn damit konfrontierte, wollte er die ganze Wahrheit erfahren. »Trotz allem ist der Plan des Borgias missglückt.«

Pamphilis Mundwinkel zuckten. »Nicht wirklich.«

»Das ist nicht dein Ernst!«

»Der Plan wurde verändert, gewiss. Es gab … unverhoffte Schwierigkeiten. Die beiden größten waren Lucrezia und Cesare. Um in den neuen Körpern wieder geboren zu werden, hätten sie zuerst sterben müssen. Aber beide waren nicht bereit dazu, so groß war ihr Vertrauen in die Kräfte ihres Vaters nicht. Es gab Streit, und beide wandten sich von Alexander ab. Cesare ging nach Spanien und trat in den Dienst des Königs von Navarra, wo er 1507 ums Leben kam. Auch Lucrezia verließ den Vatikan. Sie heiratete schließlich den Herzog von Ferrara. Sie starb im vergangenen Jahr, du hast vermutlich davon gehört.«

»Und Alexander?«

»Er führte den Plan fort. 1503, ein Jahr nach dem Zug der Erleuchteten, waren alle Vorbereitungen getroffen. Selbst sein Tod war eine große Inszenierung. Du kennst die Umstände, nehme ich an. Man sagte ihm nach, er habe im zwölften Jahr seiner Amtszeit einen Pakt mit dem Teufel geschlossen. Sieben Dämonen sollen an seinem Sterbebett gesessen haben, in den Körpern schwarzer Affen. Gerüchte, nichts als Verleumdungen. Sein Leichnam wurde bestattet wie der jedes anderen Papstes, und damit war die Herrschaft des Borgia vorerst beendet. Seine Nachfolger standen nun vor der Frage, was mit den Engelskindern zu tun sei, und um unliebsamen Entscheidungen aus dem Weg zu gehen, ließen sie die Ausbildung fortführen. Vor etwa anderthalb Jahren waren sie schließlich alt genug, um eingesetzt zu werden, und Papst Leo gab ihnen den Auftrag, alle Spuren ihrer Herkunft auszulöschen.«

Faustus nickte nachdenklich. »Sie zogen aus, alle Priester zu töten, die vom Zug der Erleuchteten wussten. Sie brannten ihre Kirchen nieder und verwischten alle Fährten. Doch eine wandte sich von ihnen ab, als sie selbst ein Opfer der Flammen wurde. Angelina.«

»Angelina?« Pamphili schmunzelte. »So nennt ihr sie? Wie passend.«

»Massimo, du musst mir die Wahrheit sagen«, verlangte Faustus eindringlich. »Was wurde aus Alexander?«

»Wie gesagt, er starb – und wurde wieder geboren. Im Körper eines der drei Kinder.«

Faustus wandte sich ab. Auf dem Fluss entdeckte er den dunklen Umriss eines Ruderboots, das sich dem Ufer näherte. Silhouetten waren zu erkennen. Bewaffnete.

»Was geschah mit den beiden anderen? Ich hörte, einer starb auf dem Bauplatz.«

Der Bibliothekar nickte. »Ihre Erziehung hatte bereits begonnen, als es zum Zwist mit Cesare und Lucrezia kam. Wie die anderen Engel blieben auch sie im Vatikan, bis weit über den Tod des Borgia hinaus, ehe irgendwem klar wurde, dass sie zu nichts zu gebrauchen waren. Sie waren erzogen worden, um zu herrschen, nicht um zu kämpfen, und so wurde beschlossen, sie zu beseitigen. Sie sollten getötet werden, doch jemand erbarmte sich ihrer und ließ sie laufen. Der Spiritus verschwand, aber der Filius wurde ein Streuner, den es schließlich zu den Arbeitern auf dem Bauplatz verschlug. Er bekam Arbeit, faselte wirres Zeug und wurde bei einer Rauferei erschlagen. Eine armselige Gestalt.«

Faustus schüttelte langsam den Kopf. »Großer Gott, Massimo … du hast all das gewusst! Die ganze Zeit über hast du es gewusst.«

»Du selbst hast mir den Weg gezeigt. Mich die Magie gelehrt. Dem Borgia hat das gut gefallen.«

»Soll das heißen …«

»Dass ich bei all dem stets an seiner Seite war, zugleich als Lehrmeister und Schüler. Ohne mich und mein Wissen hätte er nichts von all dem verwirklichen können – ohne das Wissen, dass ich *dir* zu verdanken habe, mein Freund. Damit ist der Borgia auch dir zu ewigem Dank verpflichtet.«

Seine Worte waren wie Dolchstöße. Jedes einzelne

versetzte Faustus einen scharfen Schmerz, gepaart mit einer Wut, die immer größer und verzehrender wurde. Zugleich aber spürte er, dass die Müdigkeit, die er eben noch an Pamphili festgestellt hatte, mehr und mehr von dem alten Mann abfiel und auf ihn selbst übersprang wie eine ansteckende Krankheit. War die Erschöpfung eine Waffe, die Pamphili ganz offen bei sich getragen hatte, wie ein Fangnetz, das er jetzt von den eigenen Schultern auf Faustus herüberschleuderte? Ein *magisches* Fangnetz?

Der Bibliothekar wirkte jetzt fast ein wenig verlegen. »Deine eigene Beteiligung an all dem sollte dir nicht unangenehm sein. Vielmehr solltest du stolz sein. Und schau mich nicht so an! Welchen Sinn hat es, wenn du mich verabscheust? Du warst mir ein guter Lehrer, und ich habe all das Gelernte an Alexander weitergegeben. Und ein wenig mehr, versteht sich. Meine eigenen kleinen Erfolge, die ich auf der Suche nach Wissen errungen habe. Ich war nicht in allem einer Meinung mit ihm, o nein, gewiss nicht. Ich mochte seine Mittel nicht, seine Triebe, seine Skrupellosigkeit. Aber letzten Endes haben sie uns zum Erfolg geführt.«

Faustus hatte das Gefühl, keine Luft mehr zu bekommen. »Wo ist er jetzt?«

»An einem sicheren Ort. Der Junge, in dessen Körper der Geist Alexanders weiterlebt, ist jetzt neunzehn Jahre alt. Nicht mehr lange, und er wird einfordern, was sein ist. Es wird keinen Papst mehr geben, keine Kardinäle. Nur den Herrn. Den Dominus. Den einzig wahren Gott.«

»Den Borgia.«

Pamphili zuckte die Achseln. »Er oder ein anderer – was für einen Unterschied macht das? Die Menschen werden einen Gott erleben, der zu ihnen herabsteigt, der ihnen die Hände schüttelt, der sie begeistert. Welchen Namen er früher einmal getragen hat, ist unwichtig. Es spielt keine Rolle, was er war, wie er aussah, was man über ihn dachte. Er ist der Dominus. Der Meister über Engel und Menschen.«

»Du bist genauso wahnsinnig wie er.«

Pamphilis gestrafftes Gesicht verzog sich zu einem Lächeln. »In meinem Alter begegnet man solchen Vorwürfen mit Gelassenheit.«

Faustus bemerkte, dass das Boot näher gekommen war. An Bord war ein halbes Dutzend Männer. Keine Engelskrieger, sondern kräftige, zähe Soldaten. Sie würden jeden Moment an Land gehen. »Wirf dein Schwert weg, Faustus. Niemand hier wünscht Blutvergießen.«

Faustus zog seine Klinge, wog sie kurz in der Hand, dann rammte er sie mit einer heftigen Bewegung vor sich in den Uferschlick. »Werden sie mich zu ihm bringen? Zu Alexander?«

Der Bibliothekar lächelte nur geheimnisvoll und gab keine Antwort.

Die Männer sprangen durch das knöchelhohe Wasser heran und nahmen Faustus in ihre Mitte. Er folgte ihnen zum Boot.

Bevor er über die niedrige Reling stieg, drehte er sich noch einmal zu dem alten Mann um.

»Das Wasser«, sagte er leise.

Der Bibliothekar runzelte die Stirn. »Was ist damit?«

»Bevor du gekommen bist«, sagte Faustus. »Ich konnte es im Wasser schmecken. Es hat mir erzählt, was geschehen würde.«

»Erzählt?«

Faustus nickte. »Es schmeckt nach Verrat, Massimo. Nach Verrat unter Freunden.«

Mit diesen Worten stieg er ins Boot und blickte nicht mehr zurück.

»Warum wehrt er sich nicht?«, flüsterte ich aufgebracht.

Angelina kauerte neben mir hinter einer Mauer, von der aus wir einen guten Ausblick auf den Uferstreifen am Fuß der Engelsburg hatten. Im Mondlicht waren die Gestalten dort unten kaum mehr als silbrige Umrisse, und doch konnte ich deutlich erkennen, wie Faustus mit den Bewaffneten ins Boot kletterte. Sein Schwert stak noch immer im Boden, unmittelbar neben dem kleinen Mann, der am Ufer zurückblieb und dem Ruderboot reglos nachschaute.

»Warum springt er nicht ins Wasser und schwimmt davon?«

Ich wollte hinab zum Ufer laufen und meinen Meister befreien, doch Angelina legte eine Hand auf meine Schulter und hielt mich zurück. Es war noch nicht lange her, da hatte sie allein fünf Engelskrieger besiegt, vielleicht sogar mehr. Gewiss würden wir es gemeinsam mit den Männern dort unten aufnehmen können. Warum also zögerte sie?

Insgeheim kannte ich natürlich die Antwort. Es war Respekt, der sie zurückhielt. Respekt vor Faustus' Entscheidung. Es war nicht zu übersehen, dass er sich den Bewaffneten aus freien Stücken angeschlossen hatte. Er wusste, was er tat. Und es konnte nicht an uns sein, seinen Entschluss infrage zu stellen.

Aber was hatte er vor? War es Teil eines schlauen Plans? Verdammt, so *musste* es einfach sein! Mein Meister war kein Mann, der einfach die Waffen streckte.

Und doch – ein Zweifel blieb. Er hatte so gleichgültig ausgesehen, so, als hätte er sich tatsächlich geschlagen gegeben. Und welche Rolle spielte der kleine alte Mann, der jetzt ans Wasser trat, einen Finger hineinsteckte und ihn an die Lippen führte?

Angelina erhob sich langsam. Auch ich stand auf und blickte dem Boot hinterher, das jetzt bereits die Mitte des Flusses erreicht hatte.

»Packen wir uns den Kerl?«

Angelina erwiderte meinen Blick nicht, deutete nur mit einem Nicken zum Ufer hinunter.

Der kleine Mann war verschwunden.

»Aber …«, begann ich, doch Angelina legte sanft einen Finger an meine Lippen und schüttelte den Kopf.

Wir schauten uns suchend nach Soldaten um, doch der Weg hinter der Mauer war verlassen. Auch von den Zinnen der Engelsburg aus würde man uns schwerlich erkennen können. Wir hatten im Gasthof den Leichengestank von unseren Körpern gewaschen, wenigstens so weit das möglich war, und frische Kleidung übergezogen. Wir trugen jetzt beide Hemden aus dunklem Stoff und schwarze Beinkleider. In der Nacht war das eine angemessene Tarnung.

Wir liefen eine schmale Rampe aus festgetretenem Erdreich hinunter und erreichten den Uferstreifen. Er war etwa fünfzehn Schritte breit, dahinter wuchs das geschwärzte Mauerwerk der Festung empor. Ihre Kerker waren die gefürchtetsten weit und breit. Mit galligem Humor dachte ich, dass es uns gut zu Gesicht stehen würde, auch ihnen einen unfreiwilligen Besuch abzustatten – nach unserem Aufenthalt in Venedigs Bleikammern hätten wir damit das zweite der beiden verschriensten Verliese Italiens kennen gelernt. Wir hätten darauf anstoßen können, mit brackigem Wasser aus Holznäpfen. Was für ein Triumph!

Fußspuren im Schlick zwischen den Ufersteinen

führten uns zu der Stelle, an der Faustus sich mit seinem Freund Massimo Pamphili getroffen hatte. Allerdings zweifelte ich allmählich, dass es allzu gut um diese Freundschaft stand. Der kleine alte Mann musste Pamphili gewesen sein – und war nicht er es gewesen, der meinen Meister an die Bewaffneten ausgeliefert hatte? Er hatte den Doktor in eine Falle gelockt.

O, Himmel und Beelzebub, warum hatte Faustus nicht auf mich hören können? Ich hatte ihn gewarnt, dass man einem Bibliothekar des Borgia nicht trauen konnte.

Angelina zog des Meisters Schwert aus dem Boden und wog es nachdenklich in der Hand.

»Er hätte es niemals freiwillig zurückgelassen«, sagte ich.

Sie hob nur die Schultern und steckte die Waffe zurück in den Schlick. Das umgedrehte Schwert sah aus wie ein christliches Mahnmal.

»Wo ist dieser verfluchte Bibliothekar hin?«, fragte ich.

Sie deutete auf die Fußspuren, die sich jedoch weiter westlich auf dem felsigen Untergrund verloren.

Ich wollte mich in Bewegung setzen und ihnen folgen, doch Angelina hielt mich abermals zurück.

Ein wenig zornig fuhr ich herum. »Er ist *mein* Meister, nicht deiner! Es ist meine Pflicht, ihm beizustehen – auch wenn er selbst vielleicht nicht erkennt, wie nötig er meine Hilfe hat!«

Was half ihm Respekt, wenn ihn ein halbes Dutzend Männer mit scharfen Klingen bedrohte? Er brauchte mich, genauso wie damals in Wittenberg. Angelina würde mich nicht davon abhalten, mir diesen vermaledeiten Bibliothekar zu greifen und mit dem Schwert aus ihm herauszukitzeln, wohin die Männer den Meister brachten.

»Angelina?«

Sie rührte sich nicht.

»Angelina? Was ist los?«

Ich folgte ihrem Blick entlang der Festungsmauern. Meine Augen verharrten auf einem Torbogen, niedrig und unscheinbar, schmucklos und von tiefstem Schwarz.

»Ist dort jemand?«, fragte ich sie. »Der Bibliothekar?«

Natürlich wusste ich, dass dem nicht so war. Pamphilis Anblick hätte sie nicht in eine derartige Starre versetzt. Ich sah Schrecken in ihren Augen. Und Wiedererkennen. Und – ja, Furcht.

»Kennst du diesen Ort? Warst du schon einmal hier?«

Sie nickte so schwach, dass jemand, der sie nicht kannte, die Bewegung kaum wahrgenommen hätte.

»Den Torbogen meinst du?« Ich deutete auf das dunkle Halbrund am Fuß der Festung.

Wieder nickte sie.

Ich beschloss, das mysteriöse Tor genauer zu betrachten und machte mich auf den Weg. Angelina folgte mir. Es kam selten vor, dass sie nicht versuchte, als Erste am Ziel zu sein. Jetzt aber hielt sie sich hinter mir. Ich konnte mich nicht erinnern, sie jemals so erlebt zu haben.

Ich umfasste den Griff meines Schwertes fester. Der steinerne Bogen war zweimal mannshoch und mindestens acht Schritte breit. Ein muffiger Geruch wehte ins Freie. Von weitem hatte ich vermutet, dass es sich um eine Art künstliche Höhle handelte, einen Unterstand für Wächter und Gefangenentransporte. Nun aber bemerkte ich schon beim Näherkommen, dass die Geräusche unserer Schritte in der Finsternis nachhallten.

Unter dem Torbogen blieb ich stehen und versuchte zu erkennen, was vor mir in der Dunkelheit lag. Ich sah nichts als Schwärze. Angelina trat neben mich. Ihre Knöchel stachen weiß hervor, so fest umspannten ihre Finger den Schwertgriff.

»Seid ihr durch dieses Tor gekommen, als sie euch fortgeschickt haben?«, fragte ich, einer plötzlichen Eingebung folgend.

Angelina nickte.

»Ist das der Einstieg zu euren Quartieren?«

Ja.

»Willst du dort hinein?«

Ja.

»Wir müssen uns erst um den Meister kümmern.«

Angelina trat an mir vorbei, machte einige Schritte ins Dunkel hinein.

»Lass uns später wieder hierher gehen«, schlug ich beharrlich vor. »Wir haben jetzt wirklich keine Zeit dafür.«

Angelina ging weiter.

Ich sah mich aufgebracht um. Nirgends war ein Mensch zu sehen. Mit einem Stoßseufzer folgte ich ihr.

»Bitte, Angelina!« Ein letzter Versuch. »Ich kann dich ja verstehen. Aber der Meister ist in Gefahr, und es gibt im Augenblick Wichtigeres als ...«

Sie drehte sich um, nur ein Schemen in der Dunkelheit, und brachte mich mit einer Geste zum Schweigen.

Eines wurde mir in diesem Augenblick klar: Ich musste mich entscheiden, hier und jetzt. Angelina oder Faustus. Als Kämpferin war sie mir unendlich überlegen, und dennoch hatte ich das schmerzliche Gefühl, dass sie mich hier unten mehr brauchte als jemals zuvor. Zugleich aber dachte ich an Faustus, dem ich meine Treue geschworen hatte. Er hatte gewollt, dass ich mit ihm zu der Begegnung mit Pamphili ging; vielleicht hatte er geahnt, was geschehen würde, und hätte meine Hilfe bitter nötig gehabt.

Aber war meine Entscheidung nicht schon viel früher gefallen, am Abend, als ich das Gasthaus entgegen seiner Anweisung verlassen hatte, um Angelina zu suchen?

Ich warf einen letzten Blick zurück durch das Halbrund des Torbogens, zurück zum Ufer und der Stelle, an der das Ruderboot verschwunden war. Dann trat ich an Angelinas Seite.

Im Gehen berührte sie sanft meine Hand.

5. Kapitel

Das Boot legte an einem Steg an, der zwischen zwei Reihen hoher Zypressen auf das Wasser hinausreichte. Ein Mann mit einer Fackel stand an der Spitze und musterte Faustus mit kaum verhohlener Neugier. Er trug ein Schwert und trat zur Seite, um den Doktor und seinen Wächtertross an Land gehen zu lassen.

Faustus hatte aufmerksam darauf geachtet, welchen Weg sie nahmen. Das Boot war der Strömung nach Süden gefolgt, eine ganze Weile in der Mitte des Flusses gefahren, ehe die Ruderer es ans östliche Ufer gesteuert hatten. Sie hatten das Gebiet der Stadt noch nicht verlassen, die gelbbraunen Dächer wuchsen noch immer hoch über den Uferwall hinaus, verschachtelt und mit Türmen wie Adlerhorste. Allerdings waren die Fassaden hier sauberer, die Fenster größer, und es gab Gärten mit dichtem Baumbestand und beschnittenen Hecken.

Vom Steg aus folgten sie einem gepflasterten Weg zwischen Mauern aus Bruchstein. Er mündete in eine Piazza, überragt von einem mächtigen Palast. Es war ein klobiges, bedrückendes Bauwerk, dessen zwei untere Stockwerke keine Fenster besaßen, nur Schießscharten wie schwarze Stichwunden im Mauerwerk. Zinnen krönten den dritten Stock, dahinter patrouillierten Männer mit blitzenden Harnischen. Der Platz war von Feuerschalen erhellt, die sofort jeden Neuankömmling in Helligkeit tauchten.

Die Bewaffneten führten Faustus zwischen den Feuern hindurch zu einem mächtigen Portal, eisenbeschlagen wie das Tor eines Königs – oder eines Kerkers. Jemand nannte eine Parole, dann öffnete sich der rechte Flügel. Ein hutzeliger Alter blickte heraus, sah Faustus, kicherte schadenfroh und zog sich wieder zurück.

Hinter dem Portal und einem feuchten Tortunnel lag ein Innenhof, aus dessen Pflaster Unkraut sprießte. Man kümmerte sich offensichtlich nicht um die Bepflanzung, auch wenn die Bedingungen kaum besser hätten sein können. Ein Ziehbrunnen in der Mitte des Hofes war mit Brettern abgedeckt, die man mit großen Steinblöcken beschwert hatte. Der Herr dieses Palazzos schien große Furcht vor Eindringlingen zu haben, wenn er sogar einen Brunnen verschließen ließ. Wer, außer ein paar Wassergeistern, hätte von dort unten heraufsteigen können? Aber vielleicht war genau das die Antwort – Geister, Dämonen. Die Knechte der Unterwelt, mit denen der Borgia sich eingelassen hatte.

Als Faustus ins Innere des Gebäudes geführt wurde, erkannte er, dass das Anwesen weit größer war, als er vermutet hatte. Durch ein Labyrinth aus Gängen und Hallen brachte man ihn in einen Raum, der rundherum mit dunkelroten Samtvorhängen ausgekleidet war. Dort ließ man ihn allein.

Faustus blieb an der Tür stehen und schaute sich um.

Dies war kein Verließ, dazu waren die orientalischen Teppiche auf dem Boden zu teuer, der Samt zu reinlich gepflegt. Selbst die Decken hatte man rot abgehängt, mit wallenden Stoffen, die aussahen, als blicke man aus der Tiefe eines Ozeans aus Blut hinauf zur Oberfläche.

Faustus wurde ganz still, hielt sogar den Atem an, und horchte. Man hatte keinen Riegel vorgeschoben, ein weiterer Hinweis darauf, dass dies kein Kerker war. Ein Gefangener aber war er trotz alledem. Die

Schritte der Bewaffneten vor der Tür entfernten sich nicht.

Warum war er hier?

Plötzlich hörte er noch etwas, nah und doch gedämpft. Ein Keuchen. Rhythmisch. Das schwere Atmen eines Kranken. Es drang durch einen der Vorhänge.

Faustus näherte sich der Seite des Raumes, aus der die Laute ertönten. Er fragte sich, ob hinter allen vier Wandvorhängen weitere Räume lagen, oder ob es nur diesen einen Durchgang in ein anderes Zimmer gab.

Der Vorhang klaffte mit einem Mal auseinander. Ein schmaler Spalt zog sich von unten nach oben wie von einer Klinge, die durch rotes Fleisch schnitt. Heraus schob sich ein unförmiger Kopf mit dünnem, rotem Haar – im ersten Moment erinnerte das Bild Faustus an eine groteske Kindsgeburt. Dem Kopf folgte mit verstohlenen Bewegungen eine kleine Gestalt.

Es war kein Kind.

Der Bibelzwerg des Großinquisitors grinste Faustus höhnisch an. Zuletzt hatte der Doktor ihn gesehen, wie er weinend über dem geschundenen Körper seines Herrn kauerte, in den Wäldern unterhalb der Wartburg. Als die Gaukler mit ihm fertig gewesen waren, war von Konrad von Asendorf kaum mehr übrig gewesen als ein blutendes Fleischbündel, nach allen Naturgesetzen zum Tode verurteilt, und sein Zwergendiener hatte bittere Tränen vergossen.

Und nun war er also hier, in diesem Palazzo am Tiberufer. Das bedeutete, dass Asendorf selbst nicht fern war.

Das Röcheln hinter dem Vorhang schraubte sich zu einem schrillen Hustenanfall empor.

Der Zwerg sagte kein Wort. Faustus hatte ihn auch damals nie sprechen hören, und er vermutete, dass er stumm war. Der hässliche kleine Kerl streckte die Hand zurück durch den Vorhang und zog eine Schnur hervor, die hinauf zur Decke führte. Als er sie einholte, öffnete sich der Vorhang zu beiden Seiten in einer gleichförmigen Wellenbewegung.

Dahinter kam ein gigantisches Bett zum Vorschein. Unter einem seidenen Baldachin, zwischen zahllosen dunkelroten Kissen lag etwas, einst ein Mensch, groß und knochig in Faustus' Erinnerung, jetzt aber nur noch ein Kopf mit einem wachen und einem blinden Auge und einem Anhängsel aus nutzlos gewordenen Gliedmaßen. Asendorf besaß noch alle Arme und Beine, doch sie waren gelähmt, das erkannte Faustus an der Art und Weise, wie sie sich unter dem dünnen Seidentuch abhoben. Der Leib des Inquisitors war ungeheuer aufgequollen, doch hatte sich seine neue Masse nicht gleichmäßig verteilt. Seine Unterschenkel waren so breit wie seine Hüfte, aufgebläht vom Wasser in den Waden; auch seine Handgelenke hatten fast den zweifachen Umfang seiner Oberarme. Dort, wo blanke Haut zu sehen war, schimmerten rosafarbene Narben von den Schnitten, die die Gaukler ihm zugefügt hatten.

Allein das rechte Auge verriet, dass in dieser Monstrosität noch immer der Geist des alten Asendorf loderte, messerscharf wie eine Klinge. Das linke war blind, der Augapfel dunkelrot angelaufen wie ein roher Fleischballen.

»Faustus«, sagte der Inquisitor. Nur dieses eine Wort.

Der Doktor deutete eine Verbeugung an. Er unterdrückte den Schauder, der ihn beim Anblick dieser Kreatur überkam. »Eure Eminenz«, grüßte er leise.

Der Zwerg huschte an die Seite seines Herrn und schlug eine übergroße, in Leder gebundene Bibel auf.

Manche Dinge ändern sich nie, dachte Faustus. Schon damals hatte der kleine Mann mit den Lippen stumme Bibelverse geformt, wenn Asendorf zum Sprechen ansetzte; damit sollte den Worten des Inquisitors das Gewicht des Glaubens verliehen werden.

Jetzt aber stieß Asendorf ein scharfes Zischen aus. Sogleich schlug der Zwerg die Bibel wieder zu und sprang aufgescheucht von der Bettkante. Wie ein getretener Hund zog er sich an die Wand zurück und sank zusammen, während eine einzelne Träne über seine Wange rollte.

Er gibt mir die Schuld, dachte Faustus. *Ich hätte die Gaukler aufhalten können, als sie ihn derart zugerichtet haben. Aber ich habe es nicht getan.*

Und weshalb auch? Der Inquisitor hatte mehr als einmal versucht, Faustus zu töten. Seine Grausamkeit war so unmenschlich wie legendär. Das Schicksal hatte seinen Körper lediglich den Deformationen seines Geistes nachgebildet.

»Was wollt Ihr von mir, Asendorf?«

Das gesunde Auge des Inquisitors musterte Faustus. »Ich wusste, dass du herkommen würdest. Du konntest nicht widerstehen, nicht wahr? Das Mysterium der Engelskrieger war zu groß, zu ungeheuerlich für dich. Du musstest die Wahrheit erfahren.«

»Habt Ihr es gewusst, Asendorf?«

»Macht das einen Unterschied?«

»Habt Ihr gewusst, was der Borgia geplant hat?«

Asendorf verzog das vernarbte Gesicht, und erst nach einem Augenblick wurde Faustus klar, dass der Inquisitor versucht hatte, den Kopf zu schütteln.

»Nein. Kaum einer hat es gewusst.«

»Kardinal DeAriel hat Euch nichts davon erzählt?«

»Ich bezweifle, dass DeAriel die Wahrheit kannte. Er hätte sie nicht gutgeheißen.«

Obwohl es ihm widerstrebte, trat Faustus näher an das Bett. Er wollte Asendorfs Auge sehen, wenn der Inquisitor sprach. Es war der einzige Teil seines Körpers, der noch verraten mochte, ob er log.

Der Bibelzwerg stieß ein zorniges Knurren aus, bewegte sich aber nicht von der Stelle.

»Versuch nicht, meine Gedanken zu lesen, Faustus«, sagte Asendorf. »Du bist schon früher daran gescheitert.«

»Ich war Euch stets ein Stück voraus.«

»Du warst mehr als einmal mein Gefangener.«

»Niemals für lange Zeit.«

»Vielleicht hätte ich dich damals töten sollen, als ich noch die Kraft dazu hatte.«

»Was hält Euch heute davon ab?« Faustus weigerte sich, die vertrauliche Anrede zu benutzen, die sich Asendorf bei jedem seiner Opfer gestattete.

Der Inquisitor schnappte nach Luft, als ihn eine plötzliche Atemnot überkam. Er hustete einen schwarzen Schleimfaden über sein Kinn, dann erholte er sich allmählich.

»Ich könnte dich mit einem Fingerschnippen vernichten«, keuchte Asendorf. »Vorausgesetzt, ich *könnte* mit den Fingern schnippen.« Er stieß ein meckerndes Lachen aus wie ein alter Ziegenbock.

Immerhin, seinen Hohn hatte er nicht verloren. Faustus glaubte nicht, dass Asendorf sich selbst bemitleidete. Er vermutete eher, dass der Inquisitor ganz zerfressen war von seinem Zorn über die eigene Unzulänglichkeit.

»Ihr habt mir noch immer nicht gesagt, was Ihr von mir wollt, Asendorf. Ginge es Euch nur darum, mich zu töten, hätten das Eure Halsabschneider erledigen können. Gewiss bezahlt Ihr sie gut genug, damit sie Euren Anblick ertragen.«

Erneut fauchte der Zwerg wie ein wildes Tier.

Asendorf lachte wieder. »Ich weiß, was ich bin, Faustus. Ich muss nicht an mir hinabsehen, um das zu erkennen. Sollte ich es jedoch jemals vergessen, werde ich mich an deine Worte erinnern.«

Damals in Wittenberg hatte der Inquisitor Faustus einen Handel vorgeschlagen. Der Doktor sollte herausfinden, wer für die niedergebrannten Kirchen im ganzen Land verantwortlich war. Damals hatte Asendorf noch vermutet, dass ein Bund von Ketzern dahintersteckte. Erst später hatte er von den Engelskriegern unter dem Befehl Kardinal DeAriels erfahren. Faustus sollte ihm damals die Schuldigen bringen und im Gegenzug einen Aufschub erhalten. Asendorf wollte ihn laufen lassen – bis zu ihrer nächsten Begegnung. Dann, so hatte er erklärt, würde nichts mehr Faustus vor dem Scheiterhaufen retten können.

»Nun?«, fragte Faustus ungeduldig. »So sehr ich Eure Gesellschaft schätze, Asendorf, möchte ich Eure Zeit doch nicht allzu lange in Anspruch nehmen. Ich bin sicher, Ihr habt Besseres zu tun, als mit mir zu plaudern.«

Er sah, wie sich das eine Auge des Inquisitors zusammenzog, ganz kurz nur.

Der Bibelzwerg war nicht mehr zu halten. Er sprang auf, baute sich vor Faustus auf – er reichte dem Doktor bis zum Bauchnabel –, und spuckte ihm von unten gezielt ins Gesicht. Faustus machte nicht den Versuch, ihn zu packen oder nach ihm zu schlagen. Stattdessen wischte er sich ungerührt den Speichel von der Wange, strafte den Zwerg mit Missachtung und kreuzte erneut den Blick des einzelnen Auges.

Vielleicht täuschte er sich, doch es schien ihm jetzt eine ähnliche rote Färbung anzunehmen wie der andere, erblindete Augapfel.

»Mich zu verspotten ist keine Kunst«, presste Asendorf hervor. »Dafür musst du nicht der große Mann sein, für den du dich hältst, Faustus. Spott und Überheblichkeit sind enge Verwandte, glaub mir, ich weiß es aus eigener Erfahrung.«

»Wollt Ihr mich glauben machen, Eure Verfassung habe Euch zu einem besseren Menschen gemacht?« In der Tat bedauerte Faustus jetzt seinen Hohn. Nicht, weil Asendorf ihm Leid tat. Vielmehr hatte der Inquisitor Recht mit dem, was er sagte. Er konnte Faustus' Unsicherheit spüren, und dieser Gedanke gefiel dem Doktor keineswegs. Er musste sich eingestehen, dass der Anblick dieses zerstörten Leibes ihn stärker berührte, als er wahrhaben wollte. Er machte ihn unvorsichtig und durchschaubar.

»Ich wollte dich nur sehen«, sagte Asendorf. »Sonst nichts. Ein letztes Mal.«

»Ich hatte erwartet, dass man mich dem Borgia vorführt – oder dem Kind, von dem er Besitz ergriffen hat.«

»Er ist weniger Kind, als du glauben magst. Du wirst ihm bald begegnen.«

»Das ist ein Wort.«

Der Bibelzwerg stieß abermals ein Fauchen aus wie eine Katze, die ihren Wurf verteidigt. Faustus konnte ihm ansehen, dass er ihn am liebsten mit eigenen Händen getötet hätte. So groß also war die Loyalität, die selbst eine Bestie wie Asendorf bei seinen Untergebenen wecken konnte. Allerdings bezweifelte er, dass dem Inquisitor andere Getreue als dieser kleine Mann geblieben waren. Er hatte Mitleid mit dem Zwerg, und ein wenig sogar mit Asendorf selbst. Kein Mensch hatte es verdient, hilflos in der eigenen Qual zu garen wie ein Stück Fleisch im Kochkessel.

Er sah Asendorf eindringlich an. »Habt Ihr geglaubt, ich würde den Versuch machen, Euch zu töten?« *Und habt Ihr es gehofft?*

Das Zögern des Inquisitors bestärkte ihn in seiner Vermutung.

»Du bist ein kluger Mann, Faustus«, entgegnete Asendorf schließlich. »Auch wenn es deiner Klugheit nicht immer leicht fällt, den Panzer aus Arroganz zu durchbrechen, hinter der du sie verbirgst.« Leiser und mit großem Ernst fügte er hinzu: »Was mag erst zum Vorschein kommen, wenn du dir eines Tages dein wahres Wesen eingestehst?«

Früher war es leicht gefallen, die hohe Bildung dieses Mannes zu übersehen, der im Namen der Kirche mordend durch die Lande gezogen war. Seine Worte heute aber ließen weit mehr auf den Menschen Asendorf schließen, ebenso wie auf seine lange Ausbildung zum Geistlichen. Er kannte die Schriften der antiken Gelehrten, und er hatte sich gewiss beizeiten seine Gedanken darüber gemacht. Bei all seinem Umgang mit dem Tod besaß er auch große Erfahrung mit dem Leben.

»Welche Maske ist schlimmer?«, fragte Faustus. »Die der Arroganz, oder die der Grausamkeit?«

Asendorf lachte leise. »Irgendwann einmal hätten wir Freunde werden können, Faustus. Vor langer, langer Zeit.«

Vielleicht, dachte Faustus, ohne den Gedanken auszusprechen. *Vielleicht hätten wir das wirklich.* Und er fragte sich, was den Inquisitor zu dem gemacht hatte, was er schließlich geworden war. War es vielleicht gerade sein Wissen gewesen, sein Wissen und eine Flucht vor … ja, vor was? Der Wirklichkeit?

»Ihr habt *mich* gejagt, Asendorf, nicht ich Euch.«

»Vielleicht war ich auf der Suche. Nach einem ebenbürtigen …«

»Gegner?«

»Denker.«

»Seht Ihr Euch denn selbst als einen an?«

»Was bleibt mir denn heute anderes übrig? Die Welt ist sehr klein für mich geworden Faustus. So klein, dass sie in meinen Schädel passt. Dort spielt sich heute mein Leben ab.«

»Ihr nennt *das* Leben?«

»Noch ist es nicht der Tod.«

»Ich bin nicht gekommen, Euch zu töten, Asendorf. Selbst wenn Ihr Euch das gewünscht habt.«

Das Auge des Inquisitors zuckte hinüber zum Bibelzwerg. »*Er* kann es nicht tun. Er würde es nie übers Herz bringen. Er liebt mich.«

Der Zwerg verbarg das Gesicht hinter den Armen.

»Und auch sonst tut es keiner«, setzte Asendorf hinzu.

Faustus kam ein Gedanke. »Dann seid Ihr ein Gefangener!«, entfuhr es ihm verblüfft.

»Es macht mir Mut, dass du es jetzt erst bemerkst. So habe ich mir vielleicht doch einen allerletzten Rest von Würde bewahrt. Ganz recht, Faustus. Ich bin ein Gefangener wie du. Der Borgia hat keine Verwendung für mich. Ich bin sein Spielzeug. Es gefällt ihm, mich anzusehen. Mein Anblick führt ihm vor Augen, was ihm selbst erspart bleiben wird. Wie groß sein Gewinn ist. Sein Triumph.« Er schnaubte verächtlich. »Er hat mir die Bitte gewährt, dich zu sehen. Er glaubt, es quält mich, meinen einstigen Gegner so gesund und lebendig vor mir zu sehen. Doch das tut es nicht. Kein Schmerz, Faustus. Nur Hoffnung.«

»Selbst wenn ich wollte, könnte ich dich nicht töten. Ich habe keine Waffe.«

»Treib keine Scherze mit mir.« Asendorfs Stimme klang plötzlich eine Spur schärfer. »Du kennst mehr

Wege, mit bloßen Händen zu töten, als ich mit Hilfe der größten Folterkammer.«

»Warum hasst dich der Borgia so sehr?

»Du meinst, weil er mich all das durchmachen lässt? Ich glaube gar nicht, dass er mich hasst. Ich amüsiere ihn. Meine Machtlosigkeit bestätigt ihn in seiner Allmacht. Und hin und wieder schätzt er das Gespräch mit mir. Ich rate ihm dann, sich selbst das Herz herauszureißen, damit die Ratten aus dem Tiber seinen verfluchten Kadaver zerfetzen können.«

Faustus trat um das Bett herum, bis er auf Schulterhöhe neben dem Inquisitor stand. Der Zwerg schwänzelte um seine Beine herum, hielt ihn aber nicht auf. Der kleine Mann hasste Faustus, aber er respektierte auch die Entscheidung seines Herrn.

»Geh!«, sagte Faustus zu ihm.

Der Zwerg hörte nicht auf ihn.

»Tu, was er sagt«, befahl Asendorf seinem Diener.

Wieder brach der Zwerg in Tränen aus, dann bewegte er sich rückwärts davon.

»Die Vorhänge«, verlangte Asendorf.

Unendlich langsam griff der Zwerg nach der Schnur.

»Leb wohl«, sagte der Inquisitor. »Und hab Dank für deine Treue.«

Der Zwerg zog weinend an der Schnur, und die Vorhänge schlossen sich. Faustus war jetzt allein am Bett des Inquisitors.

»Wir haben nicht mehr viel Zeit«, sagte Asendorf. Sein eines Auge, immer noch rot unterlaufen, sah den Doktor eindringlich an. Nicht flehend – dazu war er zu stolz.

»Bitte«, sagte er dennoch.

Faustus nickte. Wortlos legte er eine Hand auf den geschwollenen Hals des Mannes, tastete, bis er unter dem schwammigen Fleisch den Adamsapfel fand.

Asendorf schloss das gesunde Auge. Das blinde blieb offen, starrte reglos zur Decke.

Faustus drückte zu, ganz kurz nur und mit aller Kraft.

Jenseits der Vorhänge begann der Zwerg zu wehklagen.

Die Dunkelheit schien vor meinen Augen zu etwas Festem zu gerinnen. Ich streckte die Hände aus, tastete umher – und umfasste ein Gitter.

Natürlich! Wie lächerlich, anzunehmen, ein Tunnel unter den Mauern eines Gefängnisses wie diesem könnte offen stehen, zugänglich für jedermann.

Wir waren dem waagerechten Schacht noch keine zwanzig Schritt weit gefolgt, als die Finsternis so undurchdringlich wurde, dass ich nicht mehr sah, wohin ich meine Füße setzte, geschweige denn, was am Ende dieses schwarzen Schlundes liegen mochte. Der Boden unter meinen Sohlen war uneben, mit bösartigen Stolperfallen übersät. Aus der Tiefe wehten uns Geräusche entgegen, leises Flattern von Fledermäusen, das Rascheln ganzer Rattenstämme. Ich verfluchte diesen Ort, ich verfluchte meinen Meister, ich verfluchte sogar mich selbst. Wie angenehm war es doch in Wittenberg gewesen, in der Behaglichkeit meiner Studierstube, wo meine einzige Angst den Herrn der Hohen Schule galt. Was waren schon ein paar Rohrstockschläge gegen das, was uns bevorstand, falls man uns einfing? Der Scheiterhaufen war dabei die geringste meiner Befürchtungen.

Im Gegensatz zu mir schien Angelina mit der Finsternis keine Schwierigkeiten zu haben. Sie war zügig ausgeschritten, ehe wir auf das Gitter stießen, und als sie bemerkte, dass ich weit langsamer vorankam als sie, griff sie nach meiner Hand und führte mich. Sie hatte so viele Jahre unter der Erde verbracht, dass sich ihre Augen weit schneller an geringes Licht gewöhnten.

Geringes Licht? Soweit ich erkennen konnte, gab es hier überhaupt keines. Der Mondschein, der das Ufer erhellt hatte, war längst hinter uns zurückgeblieben. Angelina war in der Tat ein wunderliches Geschöpf.

Vor dem Gitter endete unser Weg. Nicht einmal Angelina konnte durch knöcheldicke Eisenstäbe gehen. Plötzlich aber zerrte sie an meinem Arm, und ich begriff, dass sie etwas am Boden entdeckt hatte. Einen Spalt unter dem Gitter. Jemand hatte es ein Stück weit nach oben geschoben.

Liegend rollten wir unter dem Gitter hindurch. Der Boden war kalt und feucht. Ich fröstelte, nicht allein wegen der Kälte. Angelina kannte diesen Ort, und sie hätte mich gewiss nicht achtlos ins Verderben geführt – doch seit sie zuletzt hier gewesen war, waren fast zwei Jahre vergangen. Vieles konnte sich verändert haben. Es mochte neue Gefahren geben. Gefahren, die es vorzogen, in absoluter Finsternis zuzuschlagen.

Ich sprach meine Gedanken aus, flüsternd, um ja nichts in der Dunkelheit aufzuschrecken. Was Angelina darüber dachte, blieb ihr Geheimnis. Sie konnte nicht antworten, und in der Schwärze war es mir unmöglich zu erkennen, ob sie nickte oder den Kopf schüttelte. Jetzt erst, in dieser vollkommenen Finsternis wurde mir bewusst, wie sehr Angelina durch Gesten sprach, durch Blicke. Nun, da sie beides nicht einsetzen konnte, war sie stummer denn je.

Wieder ergriff sie meine Hand, zog mich nach rechts.

»Wohin gehen wir?«, wisperte ich – nicht zum ersten Mal.

Sie führte meine Hand zu etwas, das sich in der Wand befand. Ein eiserner Fackelhalter. Darin steckte eine alte Fackel, zur Hälfte heruntergebrannt und dann gelöscht.

Ich wühlte in meiner Tasche nach den beiden Feuersteinen, die ich zusammen mit allerlei anderem Kleinkram bei mir trug. Sie waren klein, und ich war keineswegs sicher, dass sich die alte Fackel damit entzünden lassen würde. Doch wieder einmal hatte ich Angelina unterschätzt, die nur wenige Schläge brauchte, ehe ein Funkenregen das Pech in Brand setzte. Bald darauf wurde es Licht.

Der Tunnel war gerade hoch genug, dass ein Mann zu Pferd hindurch reiten konnte. Die Decke war leicht gewölbt und aus Felsgestein gehauen. Das wiederum bedeutete, dass wir uns bereits unter den Fundamenten der Festung befanden. Der Tunnel musste unmerklich bergab geführt haben, so seicht, dass es kaum auffiel. Mein Abscheu vor diesem Ort wuchs mit jedem Schritt, mit jeder neuen Entdeckung.

Ungeachtet dessen setzten wir unseren Weg fort. Angelina ging mit großer Bestimmtheit weiter, jetzt noch schneller als zuvor. Ich konnte die Erregung spüren, die Besitz von ihr ergriffen hatte. Ich hätte einiges dafür gegeben, wenn sie mir hätte erzählen können, was sie hier unten erlebt hatte.

Plötzlich blieb sie stehen und gab mir mit einer Handbewegung zu verstehen, still zu sein.

Ich verharrte auf der Stelle, hielt den Atem an.

Horchte.

Ich hörte nichts außer dem Schlag meines eigenen Herzens. Auch Angelina entspannte sich nach einem Augenblick, atmete tief durch und nickte mir zu.

Es ging weiter.

Einmal entdeckten wir unter der Decke ein ganzes Nest schlafender Fledermäuse. Unsere Schritte schreckten sie nicht auf, sie fühlten sich sicher hier unten. Angelina gab Acht, ihnen mit der Fackel nicht zu nahe zu kommen, dann waren wir an ihnen vorbei. Reiter waren hier vermutlich seit langem nicht mehr entlanggekommen. Was immer sich auch für Räumlichkeiten am Ende des Tunnels befinden mochten, sie waren offenbar verlassen. Ich verspürte Erleichterung bei diesem Gedanken.

Gerade schöpfte ich neue Hoffnung, diesem Ort vielleicht schon bald den Rücken kehren zu können, als Angelina schlagartig die Fackel in die linke Hand wechselte und mit der rechten ihre Klinge zog. Der Stahl sprang so schnell aus der Scheide, dass die Männer, die mit einem Mal aus einer Abzweigung in der Tunnelwand sprangen, kaum mehr als einen silbernen Blitz wahrnehmen konnten, der funkelnd im Fackellicht auf sie zuraste.

Sie waren zu viert. Alle trugen Lederharnische und Hellebarden, die sie zum Kampf rasch in Anschlag brachten. Bisher hatte ich geglaubt, Hellebarden seien plumpe Waffen, kaum mehr als zur Zier und für harmlose Scharmützel zu gebrauchen.

Doch diese vier belehrten mich rasch eines Besseren, denn sie vermochten wahrlich damit umzugehen, so geschickt und ohne jede ersichtliche Mühe ließen sie die Schäfte in den Händen wirbeln.

Angelinas Klinge wurde abgewehrt, sie selbst von ihrem eigenen Schwung an die Wand getrieben. Doch sogleich fuhr sie wieder herum und drang auf zwei Hellebardenträger gleichzeitig ein. Die beiden anderen wandten sich mir zu.

Mein Schwert hieb eine der angreifenden Waffen beiseite, doch die andere stach geradewegs auf meine

Brust zu. Nur ein hastiger Schritt zur Seite bewahrte mich davor, von dem Soldaten aufgespießt zu werden. Dadurch jedoch geriet ich erneut in die Reichweite der ersten Hellebarde. Ihre Hiebklinge streifte meine Hüfte. Ein lodernder Schmerz fuhr durch meinen Körper, doch ich achtete nicht darauf, riss vielmehr mein Schwert herauf und drang damit auf meinen Gegner ein. Wenn es mir gelang, nah genug an ihn heranzukommen, ohne von ihm oder seinem Gefährten erstochen zu werden, war ich vermutlich überlegen. Doch es war nicht einfach, die eine Hellebarde abzuwehren und sich zugleich an der anderen vorbeizukämpfen. Ich stieß einen wilden Schrei aus, von dem ich hoffte, er würde meine Feinde verwirren. Doch diese Kerle waren mit allen Wassern des Kampfes gewaschen, und so eine simple Finte ließ sie unbeeindruckt. Zusammen gingen sie erneut gegen mich vor, und ich hatte alle Hände voll damit zu tun, ihre wütenden Attacken zu parieren.

Angelina war es gelungen, einem ihrer Gegner die Waffe aus den Händen zu prellen. In Windeseile setzte sie nach, tauchte unter einem Schlag ihres zweiten Feindes hinweg und rammte dem ersten ihre Klinge in die Kehle. Mit einem gurgelnden Laut ging er zu Boden, hielt sich noch einen Moment lang mit beiden Händen die Wunde und erschlaffte schließlich.

Sein Gefährte wurde von Raserei gepackt, als er den Tod seines Freundes mitansah. Er stieß die Hellebarde mit solcher Kraft in Angelinas Richtung, dass sie mit einem gewaltigen Satz zurückspringen musste, schneller und weiter, als der Soldat je einen Menschen hatte springen sehen. Einen Moment lang war er verwirrt, und Angelina nutzte diesen Fehler ohne Gnade. Flinker, als der Mann begreifen konnte, hatte sie seine Waffe umrundet und stand plötzlich auf Armlänge vor ihm. Der Soldat schrie auf, als er sah, wie Angelina ihr Schwert emporriss und dann mit vernichtender Wucht herabfahren ließ. Mit gespaltenem Schädel sank er auf den Fels.

Derweil verschaffte ich mir eine Atempause, als ich einem meiner Gegner einen tiefen Stich in den Oberschenkel versetzte. Der Mann brach mit einem Knie ein, während der zweite Soldat seinen Angriff ungemindert fortsetzte. Ich wich einem seiner Stöße mit der Hellebarde aus, schlug mit meiner Klinge gegen den hölzernen Schaft, doch sie prallte wirkungslos ab. Der Mann setzte nach, wieder ging seine Attacke fehl, aber als er die Waffe zurückzog, streifte mich die Breitseite der Hiebklinge am Hinterkopf. Obwohl ich kaum mehr als eine Beule davon zurückbehalten würde, war ich einen Moment lang verblüfft über den unverhofften Treffer. Mein Feind sah mein Zögern und stieß einen Kampfschrei aus. Ich stolperte zurück, prallte mit dem Rücken gegen die Tunnelwand und sah mit aufgerissenen Augen die Hellebarde auf mich zukommen.

Im selben Augenblick aber stürmte Angelina von hinten auf den Soldaten zu. Er sah sie wohl aus dem Augenwinkel kommen, denn gerade noch rechtzeitig wirbelte er herum und wehrte ihren Hieb mit dem Schaft seiner Waffe ab. Angelina ließ sich davon nicht beirren und versuchte eine neue Attacke. Diesmal war sie erfolgreicher. Plötzlich klaffte ein breiter roter Spalt im Lederharnisch des Mannes, eine Wunde bis tief in die Brust hinein. Er starb ohne einen Schrei, ohne überhaupt zu begreifen, wie ihm geschehen war.

»Angelina!«

Der verletzte Mann am Boden stach von hinten

nach ihr, und ohne meine Warnung hätte die Klinge sie durchbohrt. So aber wich sie in einem eleganten Schlenker aus, fuhr herum und stach ihm ihr Schwert bis zum Heft in den Leib. Die Spitze schlug Funken, als sie an seinem Rücken austrat und hart auf den Felsboden stieß.

Schwer atmend standen wir da, blickten über die vier Leichen am Boden und versuchten, wieder zu Sinnen zu kommen. Angelina zog ihre Klinge aus dem Toten, wischte sie an seiner Kleidung sauber und wollte sie gerade in die Schwertscheide stecken, als ich den Arm ausstreckte und mit bebendem Finger auf etwas hinter ihrem Rücken zeigte.

Sie drehte sich um und sah, was ich schon einen Atemzug früher bemerkt hatte.

Eine Wand aus Soldaten versiegelte den Tunnel. Acht, zählte ich hastig, vielleicht auch zehn. Sie trugen Schwerter und Hellebarden. Und sie hatten die Leichen ihrer vier Kameraden bereits entdeckt.

Angelina straffte sich, wappnete sich für den Kampf. Mit verbissener Miene trat ich neben sie, das Schwert erhoben, bereit, im Gefecht zu sterben. Wir wussten beide, dass es aussichtslos war. Angelinas Brust hob und senkte sich wie rasend, der Kampf auf so engem Raum hatte sie erschöpft. Sie mochte ein Borgia-Engel sein, eine der besten Kämpferinnen des Kontinents, doch auch sie musste einer solchen Anstrengung Tribut zollen. Selbst wenn es mir gelang, zwei oder drei der Soldaten zu erschlagen – was keineswegs gesichert schien, denn auch dies waren erfahrene Kämpen –, blieben für Angelina noch genug, dass sie in dieser Verfassung unterliegen musste.

Wir wechselten einen letzten Blick, rechneten mit dem vernichtenden Angriff –

– als hinter den Männern Laute ertönten. Rasche

Schritte, darüber das Schleifen von Stahl, der aus Lederscheiden gezogen wurde.

Und dann versank der Tunnel im Chaos.

Die Soldaten wurden von hinten angegriffen, mit solch zerstörerischer Wut, dass sie in heilloser Panik zurückwichen in unsere Richtung. Und in unsere Klingen. Ehe wir überhaupt erkennen konnten, wer uns da zu Hilfe geeilt war, hatten Angelina und ich bereits zwei Soldaten getötet, die uns buchstäblich mit den Rücken in die Schwerter liefen. Kein ehrenhafter Sieg, gewiss, doch es ging um unser Leben, nicht um Regeln der Ritterlichkeit.

Da erkannte ich sie. Vier Gestalten in schwarzer Kleidung – mit weißen Gesichtern, weißblondem Haar.

Borgia-Engel.

Mit ihren langen, dünnen Schwertern hieben und stachen sie auf die Soldaten ein, und es dauerte nur wenige Augenblicke, da war der Kampf entschieden. Vier Männer lebten noch, aber sie waren schwer verletzt, und ehe ich auch nur den Gedanken fassen konnte, man möge sie verschonen, waren die Engelskrieger schon über ihnen und töteten sie mit gezielten Stichen. Der Tunnelboden schwamm jetzt vom Blut der Gefallenen, und der warme Geruch des Todes füllte die Felsenröhre. Mir war übel, aber ich versuchte standhaft, keine Schwäche zu zeigen. Kampfbereit stand ich neben Angelina und blickte über den Leichenberg hinweg auf die Engelskrieger.

Ich bemerkte, wie Angelina sich abrupt versteifte, als einer der vier – es waren zwei Frauen und zwei Männer – mit grazilen Schritten über die Toten stieg und sich uns näherte.

Mein Latein war nur mittelprächtig, und als der Mann sprach, verstand ich lediglich Bruchstücke. Es war eine förmliche Begrüßung, gefolgt von etwas, das er gezielt an Angelina richtete. Es klang wie – ja, wie eine Entschuldigung!

Und da begriff ich.

Auch ich kannte diese vier. Ich war ihnen schon einmal begegnet, damals, am Fuß der Wartburg.

Es waren Angelinas ehemalige Begleiter, jene Männer und Frauen, die sie aus ihrer Mitte verstoßen und ihr die schrecklichen Wunden auf dem Rücken zugefügt hatten. Jene Borgia-Engel, die einst unter dem Befehl Kardinal DeAriels gestanden hatten, die im Auftrag des Papstes mordend und brandschatzend durch die Lande gezogen waren – und sich doch am Ende für die Freiheit entschieden hatten. Nach dem Tod des Kardinals waren sie davongeritten, ohne einen weiteren Kampf mit uns zu suchen. Damals waren sie noch zu fünft gewesen.

Was aber hatte sie hierher verschlagen?

Die Erkenntnis kam mir, als ich Angelina anblickte, die immer noch starr wie aus Eis gehauen dastand und den Wortführer der Engelskrieger anblickte. Ich bemerkte, dass die Spitze ihrer Klinge unmerklich zitterte. Unter der Narbenmaske ihres Gesichts musste in ihrem Kopf ein schreckliches Durcheinander herrschen, hin und her gerissen zwischen dem Hass auf ihre Peiniger und – ja, und der Erleichterung, sie zu sehen. Dies waren ihre Brüder und Schwestern. Die gemeinsamen Jahre der Gefangenschaft in den Katakomben des Vatikans hatten sie zusammengeschweißt. In einem Anflug von Eifersucht wurde mir klar, dass Angelina die Gesellschaft dieser Geschöpfe vermisst hatte – trotz allem, was zwischen ihnen vorgefallen war. Ich mochte mich noch so sehr bemühen, Angelina zu begreifen, ihr Wesen zu durchschauen und ihre Vergangenheit zu enträtseln; wahres Verständnis konnten für sie nur die anderen Engelskrieger aufbringen. Sie waren dabei gewesen, sie hatten das Gleiche durchgemacht, die gleichen Qualen, die gleichen Schikanen. Angelina war wie sie und würde es immer bleiben, egal, wie lange sie an meiner und Faustus' Seite ritt.

Der Engelskrieger kam näher. Nach kurzem Zögern schob er sein Schwert zurück in die Scheide. Ich sah, dass ein langer Blutspritzer sein Gesicht teilte, von der linken Wange über den Nasenrücken bis hinauf zur Stirn. Er machte sich nichts daraus. Er und die Seinen waren Blut und Tod gewohnt.

Auch die drei anderen Borgia-Engel stiegen nun über die Leichen, mit Schritten, die an diesem Ort, unter diesen Umständen eine Eleganz besaßen, von denen gewöhnliche Menschen nur träumen können. Es war dieselbe Art und Weise, auf die sich auch Angelina bewegte. Ich erschrak, als mir klar wurde, dass ich sie in jedem dieser vier wieder erkannte, in ihren Regungen, sogar im Blick der hellblauen Augen, die ihnen allen zu Eigen waren.

Wieder redete der Engelskrieger auf Angelina ein, sanfter jetzt, und er streckte ihr beide Handflächen entgegen, eine Geste des Friedens. Mich aber, der ich unmittelbar neben ihr stand, beachtete er mit keinem noch so kurzen Blick. Das Bewusstsein der Überlegenheit, das diese Männer und Frauen ausstrahlten, war überwältigend; es konnte mich nicht einmal beleidigen, so überzeugt war ich von seiner Rechtmäßigkeit. Mit welchen Mitteln und zu welchem Zweck der Borgia sie auch immer erschaffen hatte – herangezüchtet, müsste ich sagen –, das Ergebnis war ohne Zweifel beachtlich. Die Bedeutung des Wortes Magie war mir durch meine Arbeit mit dem Meister wohlvertraut, doch die Ausstrahlung der Engel ließ sich nicht einmal damit vergleichen – sie waren durch und durch überirdisch, trotz ihrer Sterblichkeit und menschlichen Herkunft. Ich ertappte mich dabei, dass ich sie beneidete – ehe ich mir geschwind klarzumachen versuchte, dass nichts die Leiden der Kinder aufwiegen konnte, die diese Kämpfer einst gewesen waren. So übermenschlich sie jetzt auch erschienen, so unmenschlich war der Weg dorthin gewesen.

Angelina hielt das Schwert immer noch kampfbereit in der Hand, und auch der Engelskrieger schien jetzt zu erkennen, dass sie mit Worten allein nicht zu besänftigen war. Er blieb stehen und tat etwas, das mich im ersten Augenblick zutiefst verwirrte.

Der Borgia-Engel zog sein Wams aus.

In Windeseile stand er mit nacktem Oberkörper vor uns, schlank und muskulös, die Gestaltwerdung von Zähigkeit und Ausdauer. Dann drehte er sich ganz langsam um.

Zwei Wunden prangten auf seinem Rücken, Schnitte, doppelt so lang wie meine Hand und zwei Finger breit. V-förmig wie eine römische Fünf berührten sie einander kurz über dem Gürtel des Mannes. Sie waren noch nicht völlig verheilt und von einem dunklen Rosa; ich sah, dass die linke nässte.

Hinter dem Engelskrieger taten es ihm die drei anderen gleich. Ohne jede Scham zogen sich auch die beiden jungen Frauen ihre Wämser über die Köpfe. Ihre Brüste waren zart und schneeweiß wie die Angelinas. Alle drei wandten sich um und präsentierten ihre Rücken. Auf allen dreien bot sich das gleiche Bild. Sogar im schwachen Fackellicht konnte ich erkennen, dass sich die Wunden eines der Mädchen entzündet hatten. Dennoch zeigte es keine Anzeichen von Schmerz oder Unwohlsein. Es ertrug die Pein mit derselben Gleichmut, mit der es sein bisheriges Leben ertragen hatte. Schmerz war für die Borgia-Engel kein Hindernis, sondern Ansporn. Ihre grausamen Lehrmeister hatten wahrlich ganze Arbeit geleistet.

Angelina ließ die Klinge sinken. Mit einem leisen Klirren stieß die Spitze gegen den Fels. Vor Anspannung wagte ich kaum zu atmen.

Der vordere der Engelskrieger zog sich sein Hemd wieder über und blieb vor Angelina stehen. Er streckte ihr die Hand entgegen, doch sie schlug die Geste aus. Wieder sprach er sanft auf sie ein, und erneut verstand ich nur Teile, die ich in Gedanken zu einem verständlichen Ganzen zusammenfügte.

Von Wurzeln sprach er, Flügelwurzeln, und davon, dass sie alle sie sich herausgeschnitten hätten, um endlich zu Menschen zu werden. Das, was sie Angelina einst gewaltsam angetan hatten, hatten sie einander schließlich selbst zugefügt. Sie hatten keine Engel mehr sein wollen, keine Kämpfer im Dienste blutrünstiger Herrn. »Wir sind jetzt wie du«, hörte ich ihn zu Angelina sagen. »Wir sind alle gleich.«

Angelina schüttelte langsam den Kopf und fuhr sich mit einer Geste über die verbrannten Züge. Sie war nicht wie die anderen. Sie alle hatten noch ihre Gesichter, ihre geisterhafte Anmut und Schönheit. Angelina aber musste ihr Gesicht unter einer Maske verbergen.

Der Wortführer der Engel nickte langsam und fuhr fort, sprach davon, wie sie viele Monde lang durch die Lande gezogen waren, sich von der Jagd ernährt und in Höhlen und Wäldern geschlafen hatten. Schließlich aber hatten sie erkannt, dass sie niemals gewöhnliche Menschen sein würden. Das Herumziehen zermürbte sie, das Fehlen eines Ziels und eines Zuhauses machte sie krank und unzufrieden. Mehrmals hatten sie versucht, unter Menschen zu gehen, doch aufgrund ihrer sonderbaren Erscheinung waren sie gemieden, sogar verspottet worden. Man hatte sie angegriffen, und eine Weile lang hatten sie versucht, allem Streit durch Rückzug auszuweichen. Doch die Spötter hatten dadurch neuen Mut geschöpft und begonnen, sie in Kämpfe zu verwickeln. Einer der Engel war feige ermordet worden, ehe sie schließlich zurückschlugen und nahezu alle Männer eines Dorfes erschlugen, ein rasches, gezieltes Blutbad, das ihnen erneut vor Augen führte, was sie waren und auf ewig sein würden: Krieger, zum Töten erzogen und zu nichts anderem zu gebrauchen als zum Blutvergießen. Damals hatten sie beschlossen, zurückzukehren an den Ort ihrer Erziehung, den Ort, der ihre wahre Heimat war.

Hierher. Nach Rom. In die Katakomben unter der Engelsburg.

Ich begriff endlich, was Angelina hier unten suchte. Als sie den Zugang entdeckt hatte, war auch in ihr der Wunsch entbrannt, endlich heimzukehren. Der Suche ohne Ziel ein Ende zu machen. Wieder das zu sein, was sie immer gewesen war.

Es war die gleiche Erkenntnis, die mir bereits oben in den Ruinen der Basilika gekommen war, als ich Angelina zwischen dem Säulengeviert der Petruskrypta gesehen hatte.

Hier unten aber waren ihre Empfindungen um ein Vielfaches stärker. All die Jahre waren wieder präsent, jene Zeit, geprägt von der Schulung an Schwert und Dolch und Armbrust, von Entbehrung und Strafe und Schmerz. Eine Zeit, die trotz allem ihre *Kindheit* war.

Ich verstand sie. Verstand jeden ihrer Gedanken, jede ihrer Empfindungen – und fühlte mich ihr dabei näher als jemals zuvor, ausgerechnet in jenem Augenblick, da ein Bruch zwischen uns immer näher rücken mochte. Falls sie wirklich hier bleiben wollte, zusammen mit den anderen, die sich an diesem Ort verkrochen hatten, konnte ich sie nicht aufhalten. Die Katakomben mochten leer stehen, gewiss wurden seit dem Tod des Borgia keine neuen Engel mehr herangezogen – doch noch immer hatten diese Höhlen eine große Bedeutung für jene, die einst hier gelebt hatten.

Ich sah Angelina an, musterte ihr Profil. Sah den Blick ihrer Augen. Die Ausgestoßene war zurückgekehrt in den Schoß ihrer Gemeinschaft.

Sie machte einen Schritt auf den Anführer der Engel zu. Er lächelte zaghaft, fast ein wenig scheu – ein verwirrender Anblick in Anbetracht des Blutbads, das er und seine Gefährten gerade erst angerichtet hatten. Er streckte ihr die Hand entgegen, und diesmal griff sie zögernd danach, ganz kurz nur. Plötzlich drehte sie sich zu mir um, kam dann zurück und nahm *meine* Hand, führte mich über die Leichen der Soldaten hinweg zu den anderen Engeln.

Argwöhnische Blicke streiften mich, und eines der Mädchen sagte etwas auf Latein zu Angelina, das ich nicht verstand. Die Antwort war nur ein Kopfschütteln und ein aufmunternder Druck auf meine Finger. Ich hatte Angst, gewiss, und wer hätte das nicht in Begleitung dieser Wesen? Immer noch gelang es mir nicht, sie völlig als Menschen zu sehen. Ihre ganze Erziehung war darauf ausgerichtet gewesen, sie zu Kriegern des Herrn zu machen. Von frühester Kindheit an hatte man ihnen eingeredet, anders zu sein, besser, mächtiger, überlegener. Ich fragte mich, wie die Eluciderii sich selbst sahen – hatten sie tatsächlich *geglaubt*, dass sie wahrhaftige Engel waren? Und wie groß musste die Enttäuschung gewesen sein, als sie die Wahrheit erkannten.

So viele Fragen brannten mir auf den Lippen, doch ich wagte nicht, auch nur eine einzige zu stellen.

Schweigend gingen Angelina und ich mit dem Tross aus Engelskriegern den Tunnel hinunter. Ich hatte die Fackel wieder aufgenommen. Die Engel selbst waren nicht darauf angewiesen, aber ich war nicht gewillt, ihnen durch völlige Finsternis zu folgen, ganz gleich, wie gut sie selbst darin zu sehen vermochten.

Der Tunnel mündete in eine unterirdische Halle, deren Felsdecke mit gemauerten Säulen abgestützt war. In den Wänden gab es weitere Öffnungen, wo andere Gänge und Räume abzweigten. Verteilt in der Halle standen Geräte aus Holz und Stahl, Ungetüme zu Übungszwecken, einige, um die Muskeln zu stählen, andere, um daran Attacken und Paraden zu erproben.

An einer Seite des Raumes lagen Decken auf dem blanken Felsboden. Die Nachtlager der Engelskrieger.

Ich schaute mich um und konnte die Verzweiflung spüren, die in dieser Halle umging wie ein Gespenst aus der Vergangenheit. Die Borgia-Engel waren zurückgekehrt, doch alles, was sie hier vorgefunden hatten, waren die Ruinen ihres alten Zuhauses, aufgelöst und vergessen, gleich nachdem sie Rom verlassen hatten. Sie selbst waren zu Relikten einer vergangenen Zeit geworden, und anders als jene Engel, denen wir oben auf dem Bauplatz begegnet waren, sahen sie keinen Sinn mehr in ihrem Dasein. Sie hatten sich von ihren Meistern abgewandt, die Nachricht musste längst bis zum Vatikan gedrungen sein. Sie konnten nicht zurückkehren und sich erneut in die Dienste des Papstes begeben. Für ihre Untreue würde man sie töten.

Die Engelskrieger waren heimgekehrt wie verschollene Brieftauben, die ihren alten Schlag leer und vergessen vorfanden. Keiner wollte sie mehr, keiner hatte Verwendung für sie. Papst Leo war vermutlich froh gewesen, sie los zu sein; die Tatsache, dass er immer noch einige Borgia-Engel zur nächtlichen Bewachung des Bauplatzes einsetzte, verriet letztlich nur seine Hilflosigkeit. Er konnte oder wollte sie nicht beseitigen, durfte ihre Existenz aber auch nicht offiziell eingestehen. Die Gerüchte über die Geister der verstorbenen Päpste, die des Nachts über den Platz streiften, kamen ihm sicher sehr gelegen. Was aber sollte er mit Engeln tun, die sich bereits einmal von ihm und seinen Zielen abgewandt hatten? Sie hatten sein Vertrauen verloren, und sie waren sich dessen durchaus bewusst. Ich bezweifelte, dass sie überhaupt den Versuch gemacht hatten, wieder zu dem zu werden, was sie einst waren. Stattdessen standen sie nun zwischen den Lagern, hin und her gerissen zwischen ihrer offenkundigen Menschlichkeit und dem, was ihnen ihre Lehrmeister eingehämmert hatten.

Nun vegetierten sie also hier unten dahin, ohne Aufgabe, ohne Ziel, ohne Hoffnung. Vermutlich ahnte man oben im Papstpalast längst, wer sich hier eingenistet hatte, denn gewiss waren die Soldaten, die uns überrascht hatten, nicht die ersten Männer gewesen, die hier unten den Tod gefunden hatten. Es musste andere Zusammentreffen gegeben haben, andere Kämpfe. Ich konnte mir die Hilflosigkeit der Päpstlichen lebhaft ausmalen, ihr halbherziges Beharren auf Versuchen, Späher in diese finstere Unterwelt zu schicken. Vermutlich endeten alle mit dem gleichen niederschmetternden Ergebnis: Die Soldaten wurden von den abtrünnigen Engelskriegern erschlagen. Danach verstrich eine Weile, ehe man einen neuen Versuch unternahm. Mit demselben niederschmetternden Resultat. Was für eine Farce!

(Sicher habt Ihr, wissbegieriger Leser, noch weitere Fragen, genauso wie ich selbst. Hatte Leo vielleicht versucht, jene Borgia-Engel, die noch in seinem Dienst standanden, auf die Abtrünnigen in den Katakomben zu hetzen? Und war es überhaupt ratsam, Feuer mit Feuer zu bekämpfen, auf die Gefahr hin, dass sich die Flammen vereinten und zu einer gewaltigen, alles verzehrenden Feuersbrunst wurden? Über wie viele Engel verfügte der Papst überhaupt noch, nachdem Angelina eben erst ein halbes Dutzend von ihnen niedergestreckt hatte? Ich kann Euch keine Antwort darauf geben, konnte es damals nicht und bin auch heute nicht in der Lage dazu. Vieles ist ungewiss geblieben und das meiste haben die Beteiligten von damals mit ins Grab genommen.)

Angelina ließ meine Hand los und begann einen einsamen Gang durch die Halle. Ich beobachtete, wie sie im Licht einiger Fackeln umherwanderte, hier eines der Übungsgeräte betrachtete, dort ihre Finger über ein Relief in der Wand streifen ließ. Ich wagte nicht, mir vorzustellen, was in diesen Momenten in ihr vorging.

Mit einem Mal wurde mir bewusst, dass ich allein inmitten der vier Engelskrieger stand. Zwei von ihnen musterten mich mit offenem Misstrauen, während die beiden anderen – darunter der Wortführer – Angelina hinterhersahen und leise flüsterten. Ich nahm all meinen Mut zusammen und zog ein hölzernes Gefäß aus meiner Tasche, nicht länger als mein Zeigefinger und mit einem Korken zugepfropft.

Einer der Borgia-Engel, der mich nicht aus den Augen ließen, war die junge Frau mit den entzündeten Wundmalen. Ich räusperte mich vernehmlich, dann sprach ich sie an.

»Das hier ist Wundsalbe.« Ich redete langsam und betont, weil ich nicht wusste, ob sie meine Sprache verstand. »Deine Verletzung ist entzündet. Lass mich etwas davon auf deinen Rücken streichen.«

Sie hob eine Augenbraue, gab aber keine Antwort. Mit einem Seufzen öffnete ich den Lederzug meines Beinkleides und erntete dafür verwunderte Blicke. Auch die beiden anderen Borgia-Engel wurden nun aufmerksam. Mir brach der Schweiß aus, aber ich versuchte, so gelassen wie möglich zu erscheinen. Mit einer Hand, die unmerklich bebte, wies ich auf den blutigen Streifen, den mir einer der Soldaten an der Hüfte zugefügt hatte. Dann entkorkte ich das hölzerne Fläschchen, nahm sparsam mit dem Zeigefinger einen erbsengroßen Tropfen der Salbe und tupfte ihn vorsichtig auf die harmlose Wunde. Er kühlte angenehm, und in Windeseile ließ der Wundschmerz nach. Mein Meister hatte mich die Herstellung dieses Mittels gelehrt, daher wusste ich, dass es auch gegen Wundbrand und schwärende Entzündungen half. Es war kein allmächtiges Wundermittel, aber eine gute Medizin, die von vielen Heilern eingesetzt wurde. Die Engelskrieger aber verfügten offenbar über nichts Dergleichen.

Ich zog mein Beinkleid wieder herauf und deutete auf den Rücken des Engelsmädchens. Es trat argwöhnisch einen Schritt zurück und legte die Hand auf den Schwertgriff, doch der Wortführer der vier schüttelte den Kopf und sagte etwas zu ihr. Beruhigende Worte, soweit ich sie verstand. Das Mädchen ließ die Waffe wieder los und erwiderte etwas, wobei es in meine Richtung gestikulierte.

Ich stand da mit meiner Medizin und fühlte mich mehr als unwohl. Erkannte sie denn nicht, dass ich nur helfen wollte? Die Menge in dem Fläschchen würde gerade ausreichen, um ihre Wunde zu behandeln. Ich war bereit, meine gesamte Medizin dafür aufzuwenden, doch was erntete ich dafür? Misstrauen und Undank.

Der zweite weibliche Engel mischte sich in das Gespräch der beiden ein, und plötzlich ging eine Wandlung mit dem verletzten Mädchen vor. Es senkte einen Moment lang den Blick, schaute mich dann direkt an und nickte langsam. In seinen blauen Augen war jetzt keine Feindseligkeit mehr, nur eine zaghafte Angst.

Wieder wurde mir die Widersprüchlichkeit dieser Geschöpfe bewusst. So Furcht erregend sie im Kampf waren, so sanft und hilflos konnten sie sein. Ich rief mir in Erinnerung, dass alle Borgia-Engel im selben Alter waren, gerade mal neunzehn, ein Jahr jünger als ich selbst. Fast noch Kinder.

Das Mädchen streifte sein Wams ab und wandte mir den Rücken zu. Mit beiden Händen teilte es im Nacken sein langes blondes Haar und legte es sich nach vorne über die Schultern. Unter den wachsamen Blicken der anderen begann ich, die schwärende Wunde mit meiner Salbe zu bestreichen. Das Engelsmädchen zuckte zusammen, als mein Finger seine weiße Haut berührte, doch es hielt still und wehrte sich nicht. Als ich fertig war, hatte ich einen kleinen Rest übrig. Das Mädchen kleidete sich wieder an und schien sichtlich erleichtert. Ich wusste, dass sein Schmerz jetzt nachließ, die Kühlung musste bereits eingesetzt haben. Ich schob den Korken wieder auf das Fläschchen und reichte es dem Mädchen.

»Hier, ein Rest ist noch da. Warte einen Tag und benutze ihn dann.« Ich wusste, dass die Entzündung damit nicht völlig kuriert werden konnte. Zumindest aber würde ihr die Salbe ein wenig Erleichterung bringen und den Schmerz erträglicher machen.

Das Mädchen bedankte sich auf Latein und schenkte mir ein scheues Lächeln. Auch der Wortführer der Engel nickte mir zu, ohne seine ernste Miene zu verlieren.

Ich hielt wieder Ausschau nach Angelina und entdeckte sie am anderen Ende der Halle. Sie stand am Fuß einer steinernen Engelsstatue mit ausgebreiteten Flügeln, dreimal mannshoch und mit einem mächtigen Schwert in Händen. Es gehörte nicht viel dazu, mir vorzustellen, wie die Lehrmeister der Engelskinder ihre Schützlinge Tag für Tag vor diese Statue geführt hatten, um ihnen zu zeigen, was sie einmal sein sollten. Der Anblick der leblosen Augen in dem gleichgültigen Gesicht aus Granit ließ mich schaudern.

Zögernd löste ich mich aus dem Kreis der vier Eluciderii. Ich war nicht sicher, ob sie mich gehen lassen würden, doch sie machten keinerlei Anstalten, mich zurückzuhalten. Erst langsam, dann immer schneller durchquerte ich die unterirdische Ausbildungshalle und trat neben Angelina. Diesmal war ich es, der nach ihrer Hand griff, und sie ließ es ohne jede Regung zu. Ihre Finger waren sehr kalt.

»Sollte *das* aus euch werden?«, fragte ich. »Haben sie euch das eingeredet?«

Sie nickte beklommen.

»Und die Flügel?« Es war alles nur Mutmaßung, trotzdem musste ich meine Gedanken aussprechen. »Haben sie euch in dem Glauben aufgezogen, auch euch würden Flügel wachsen, wenn ihr eure Lehrzeit beendet habt?«

Diesmal zögerte sie, bevor sie schließlich einmal kurz nickte.

Es war unglaublich, und doch nachvollziehbar. Die Kinder waren im Alter von wenigen Jahren aus ihrer Heimat entführt und hierher gebracht worden. Danach hatte man keinen Tag verstreichen lassen, ohne sie den Lügen des Borgia auszusetzen, bis sie ihnen schließlich in Fleisch und Blut übergingen. Sie waren überzeugt gewesen, Auserwählte zu sein, wahre, leibhaftige Engel. Und sie hatten geglaubt, dass sie in ihren Rücken Flügelwurzeln trugen, aus denen dereinst Schwingen sprießen würden. Selbst zuletzt hatten die anderen Eluciderii noch fest daran geglaubt, als sie sich die Rücken aufschnitten, um die Wurzeln zu zerstören und so zu gewöhnlichen Menschen zu werden. Wie grausam mussten die Männer sein, die kleinen Kindern einen solchen Irrglauben eingepflanzt hatten?

Aber, so dachte ich, war es nicht das, was die Kirche seit jeher tat – anderen ihren Glauben aufzuzwingen, ganz gleich, wie groß die Widersprüche und Unwahrscheinlichkeiten auch waren? Was machte es für einen Unterschied, einem Kind den Glauben an die Existenz von Engeln zu predigen, oder aber ihm zu versichern, dass es selbst einer sei? Die Grenze war so fließend wie bedeutungslos.

Ich stand da und starrte gemeinsam mit Angelina an der titanischen Engelsstatue empor, als sie sich mit einem Mal umwandte, ohne ihre Hand der meinen zu entziehen. Ich ging mit ihr zurück zu den anderen Engeln, die uns aufmerksam beobachteten. Erst, als wir wieder vor ihnen standen, ließ Angelina mich los, trat vor jeden einzelnen ihrer Brüder und Schwestern, umarmte sie alle und küsste sie auf die Stirn.

Sie hatte ihre Entscheidung getroffen. Das Zuhause, das sie gekannt hatte, existierte nicht mehr. Mochten die anderen einer Vergangenheit nachlaufen, die längst zum Traumgespinst geworden war, einem lange vergangenen Ideal – Angelina wollte ihren eigenen Weg gehen, losgelöst von dem, was gewesen war.

Der Wortführer wollte auf sie einreden, sie überzeugen zu bleiben, doch Angelina brachte ihn mit einem sanften Kopfschütteln zum Schweigen. Wieder küsste sie ihn, dann wandte sie sich ab.

Ich nahm die Fackel auf, und wir verließen die Halle. Niemand folgte uns.

Noch einmal blickte ich zurück, sah, wie sich die abtrünnigen Engel in einem Kreis am Boden niedersetzten, ohne ein Wort, jeder das Gesicht den anderen zugewandt. Mir wurde schwer ums Herz bei diesem Anblick, ich trauerte um diese vier verschenkten Leben, um die Zukunft der Kinder, die sie einst gewesen waren.

Sie warteten, wie sie es seit Monden taten. Warteten auf den nächsten Spähtrupp von oben, auf den nächsten Kampf, die nächste Gelegenheit, sich zu beweisen, dass nicht *alles* umsonst gewesen war. Sie konnten immer noch das tun, was sie gelernt hatten. Sie hatten den Geschmack der Gewöhnlichkeit gekostet, aber sie war ihnen auf immer versagt geblieben. Gestrandete zwischen zwei Welten, weder der einen, noch der anderen zugehörig.

Niemals war mein Hass auf den Borgia größer als während dieses letzten Blicks auf die vier Engelskrieger. Er hatte sie zu dem gemacht, was sie waren. Er allein trug die Schuld.

Als ich im Gehen zu Angelina hinüberblickte, sah ich sie im Schein der Fackel weinen. Tränen wie glitzernde Kristalle, die sich langsam den Weg über das Narbengewebe ihrer Wangen suchten.

6. *Kapitel*

Efeu schlängelte sich an den Wänden des Innenhofs empor, ein grüngelbes Blättermeer, das die Mauern bedeckte und nach den Scheiben der Fenster leckte. Knorrige Bäume erhoben sich im Zentrum des Hofs, umrahmt von wildwuchernden Büschen, von Blumen und einem Kirschbaum in voller Blüte. Wie Neuschnee leuchteten die Blätter an seinen Ästen, doch Faustus ließ sich von ihrem reinen Glanz nicht blenden. Alles Weiß dieser Welt konnte nicht übertünchen, dass er sich im dunklen Herz des Palazzo befand. In der Heimstatt des wieder geborenen Borgia.

Der Kirschbaum stand im Zentrum des Hofes und überragte alle anderen Pflanzen. Langsam ging Faustus darauf zu und blieb unter der Blütenpracht der ausladenden Äste stehen. So weit er sehen konnte, war er allein in dem Garten. Es gab zwei Zugänge – einen in seinem Rücken, durch den er von zwei Bewaffneten hereingestoßen worden war, und einen zweiten in der gegenüberliegenden Wand. Rundherum ragten die Mauern des Palazzo dreigeschossig empor, die Fenster waren vergittert und von innen mit Samt und Brokat verhängt.

Faustus spürte noch immer den fleischigen Hals des Inquisitors unter seinen Fingerspitzen. In seinen Gedanken durchlebte er wieder und wieder den Moment, als Asendorfs Adamsapfel nachgab, hörte das letzte Röcheln, als er starb. Faustus hatte erst losgelassen, als er sicher war, dass der Mann tot war, und jetzt hatte er das überwältigende Bedürfnis, sich die Hände zu waschen. Er hätte sich bücken und die Finger am Gras abwischen können, doch diese Blöße wollte er sich nicht geben. Gewiss beobachtete man ihn, wartete nur auf ein Anzeichen von Unsicherheit.

Als die Wachtposten in den Raum des Inquisitors gestürmt waren, alarmiert vom hochtönenden Jammer des Bibelzwergs, war Asendorf nicht mehr am Leben gewesen. Bis zuletzt hatte Faustus damit gerechnet, dass man ihn zurückzerren würde, bevor alles Leben aus dem Kranken entwich, dass irgendwer dem Hexenjäger zur Hilfe kommen würde. Dass dies nicht geschehen war, konnte nur bedeuten, dass der Borgia Asendorfs Tod vorausgesehen, vielleicht sogar gewünscht hatte. Oder aber, dass seine Gleichgültigkeit weit über das hinausging, was der Inquisitor vermutet hatte.

Für kurze Zeit hatte man Faustus in einem kahlen Raum im Erdgeschoss des Palazzo eingesperrt. Dann war er abgeholt und hierher gebracht worden. Es gab kaum einen Zweifel, wem er hier begegnen sollte, in diesem friedlichen Garten voller Grün und der Aura des Lebendigen.

Um ihn herum regneten Kirschblüten herab wie Schneeflocken, gemächlich schwebend, lautlos.

Faustus blickte auf – und sah ihn.

Sah ihn über sich in den Zweigen hocken, ebenso weiß wie die Blüten, die ihn wie Meerschaum umflossen. Einen jungen Mann von zarter Gestalt, nicht so groß wie die anderen Eluciderii, eher ein wenig verweichlicht, und doch erkannte Faustus sofort, warum der Borgia diesen Körper gewählt hatte, um darin unsterblich zu werden. Es war das Gesicht des Jungen, das ihn angezogen haben musste, schon damals, vor so vielen Jahren, als er noch ein kleines Kind gewesen war. Anmutig war es, ebenmäßig wie die Züge der anderen Eluciderii, und doch hob es sich deutlich von ihrer einförmigen Schönheit ab. Der Junge hatte große blaue Augen von solcher Unschuld, dass selbst die Lehrmeister des Borgia ihnen in den Katakomben keinen Makel, keinen Fehl hätten einprügeln können. Wer in diese Augen schaute, fühlte sich wie emporgehoben von einer Woge aus Reinheit. Nirgends sonst hätte Alexander seine Niedertracht besser verbergen können als hinter diesem Blick eines Unschuldsengels.

Der Junge lächelte, als Faustus ihn bemerkte – ein Lächeln, das die stille Hoffnung aller Mütter ist, wenn sie ihre Söhne gebären; der Wunsch aller Mädchen, während sie ihren ersten Liebschaften entgegenfiebern; der Traum jedes Gläubigen, wenn er sich zum Himmel wendet und in Demut sein Gebet spricht.

»Doktor Faustus«, sagte Alexander mit der Stimme des Jungen. »Willkommen in meinem Garten.« Es klang beinahe ein wenig erstaunt. Nicht einmal Faustus vermochte den Borgia herauszuhören. Hätte er keine völlige Gewissheit über die Wahrheit gehabt, so wären ihm in diesem Moment vielleicht Zweifel gekommen.

Er trat einen Schritt zurück, um nicht länger dem Schauer der Blütenblätter ausgesetzt zu sein. »Ihr habt mich nicht hierher bringen lassen, damit ich Eure Blumen bewundere, nehme ich an.«

Der Junge – *der Borgia, der Verruchteste aller Kirchenfürsten* – stieß ein glockenhelles Lachen aus. Es war, als folge es einer geheimen Melodie, unterschwellig, so als wolle es jeden, der es hörte, mit seinem Klang umgarnen.

»Ihr seid ein ungeduldiger Mann, großer Faustus. Was treibt Euch zu solcher Eile?«

»Ich will Eure Gastfreundschaft nicht länger als nötig in Anspruch nehmen.« Faustus hörte selbst, wie müde er klang, ungewappnet für die Feinheiten eines rhetorischen Schlagabtauschs. »Wie soll ich Euch nennen? Eure Eminenz? Alexander?« Er machte eine kurze Pause. »*Papst* Alexander?«

Der weißblonde Junge schüttelte den Kopf und begann, sich aus den Ästen herabzuhangeln. Seine Bewegungen besaßen die erstaunliche Grazie eines Tänzers. »Leo ist Papst, nicht ich. Eine undankbare Aufgabe, glaubt mir.«

»Immerhin habt Ihr gewusst, sie zu Euren Gunsten zu nutzen.«

»Gewiss.« Der Junge landete nahezu geräuschlos vor ihm im Gras. Er hatte nur ein weißes Tuch um seine Hüften geschlungen, ansonsten war er nackt. Sein Haar wuchs schulterlang und war leicht gewellt.

Faustus musterte ihn unverhohlen von oben bis unten. »Ist das Euer Versuch, die Ähnlichkeit zum Erlöser zu suchen?«

»Wenn Ihr mit Erlöser Jesus Christus meint – natürlich, ich will es nicht abstreiten.« Er strich sich beiläufig übers Kinn. »Leider muss ich gestehen, dass mir der Bartwuchs Sorge bereitet. Ich bin in dem Alter, in dem er längst hätte sprießen müssen, aber es wächst nicht ein Haar. Nicht ein einziges.«

»Seid meines Mitgefühls versichert.«

Alexander lächelte. »Ich bin froh, dass Ihr keiner von diesen Jasagern seid, von denen ich sonst umgeben bin. Ihr habt Mut.«

»Es gehört nicht viel Mut dazu, einem Jüngling wie Euch zu widersprechen.«

Wieder stieß der Junge sein gläsernes Lachen aus. »Ein Jüngling, wie wahr. Es hat einige Zeit gedauert, ehe ich mich daran gewöhnt hatte, im Körper eines Kindes zu leben und ein zweites Mal aufzuwachsen.«

»Ihr habt es aus freien Stücken getan.«

»O ja, natürlich. Aber lieber hätte ich denselben

Weg zur Unsterblichkeit beschritten wie Ihr, werter Doktor. Er scheint mir … müheloser.«

Faustus verzog keine Miene. »Was bringt Euch zu der Vermutung, ich könnte etwas Derartiges mein Eigen nennen?«

»Ich bitte Euch«, entgegnete Alexander. »Treibt keine Scherze mit mir! Euer Pakt ist kein Geheimnis, viele wissen davon.«

»Nichts als Gerüchte.«

»Ich hörte anderes. Zum Beispiel von Eurem Aufenthalt am Nil. Von dem Pakt, den Ihr dort geschlossen habt. Der schwarze Hund, der Euch folgt, ist gewiss mehr als nur ein Schoßtier.«

»Massimo hat Euch davon erzählt?«

Der Junge nickte. »Massimo Pamphili ist ein treuer Diener und guter Freund. Da fällt mir ein – ich muss mich bei Euch bedanken. Ohne das, was Ihr Massimo gelehrt habt, wäre ich heute vielleicht nicht hier. Euer Wissen war mir sehr nützlich.«

Faustus ließ den Hohn des Borgia ohne ein Wimpernzucken von sich abprallen. »Ich habe ihm nur ein paar Spielereien gezeigt. Nichts Bedeutendes.«

»Ihr seid ein mächtiger Mann, Faustus, das ist mir bewusst. Doch auch Eure Kräfte haben Grenzen. Ich sehe Euch an, dass Ihr überlegt, wie Ihr mich schnellstmöglich töten könnt. Dennoch glaube ich, dass Ihr zu vernünftig seid, um eine Torheit zu begehen.« Der Junge sprach diese Worte mit solch spielerischer Leichtigkeit, beinahe übermütig, dass Faustus einen Moment lang überlegte, ob die Jahre im Körper eines hilflosen Kindes den Borgia nicht endgültig in den Wahnsinn getrieben hatten. Doch wenn er ehrlich zu sich war, musste er sich eingestehen, dass Alexander einen klareren Eindruck machte, als er erwartet hatte. Er war kein kreischender Irrsinniger, der mit jedem Satz ein Todesurteil aussprach. Nein, der Wahnsinn des Borgia saß tiefer. Es gehörte nicht zu seinem Plan, sein wahres Gesicht zu zeigen. Die Hässlichkeit im Herzen dieses Mannes war mit bunten, leuchtenden Farben übertüncht.

»Ich gedenke nicht, meine Hand gegen Euch zu erheben«, versicherte ihm Faustus. »Ich vermeide dumme Fehler, wenn ich kann.«

»Ihr habt Asendorf getötet.«

»Was Euch gewiss gelegen kam.«

»Ich hätte ihn jederzeit mit einem einzigen Befehl beseitigen können.«

Faustus nickte. »Aber Euch hat die Vorstellung gefallen, zwei Todfeinde zusammenzuführen und zu sehen, was geschieht. Ich hoffe, das Schauspiel hat Euch nicht enttäuscht.«

»Asendorf ist tot. Ich bezweifle, dass er es als Schauspiel bezeichnet hätte.«

»Für Euch war es eines.«

Der Junge grinste fröhlich. »Oh, Faustus, Ihr kennt mich besser als ich mich selbst. Das gibt unserem Zusammentreffen eine ungeahnte Würze, findet Ihr nicht?«

»Ist Spott denn wirklich Eure stärkste Waffe?«, fragte Faustus und fügte abschätzig hinzu: »Abgesehen natürlich von all Euren Bogenschützen, die gewiss alle Mühe haben, nicht vom Dach zu fallen, so eng, wie sie sich dort oben drängeln.«

»Ihr habt sie bemerkt?« Alexander wirkte enttäuscht. »Nun, auch das spielt keine Rolle.« Faustus folgte dem Blick des Jungen hinauf zum Rand der Dächer über dem Innenhof. Dort oben war niemand zu sehen. Dennoch hatte es für ihn nie Zweifel gegeben, dass man ihn von dort aus im Auge behielt – über die Pfeilspitze eines gespannten Bogens hinweg. Eine falsche Bewegung in die Richtung des Borgia, und man würde ihn mit einem Dutzend Pfeilen spicken.

»Also?«, fragte er. »Weshalb bin ich hier?«

»Ich wollte Euch kennen lernen«, sagte Alexander. »Doktor Faustus, den weltberühmten Schwarzkünstler, den Quellbrunn der Nekromanten, den Zweiten unter den Magiern, den Astrologen, Chiromanten, Aeromanten, Geomanten, Pyromanten und Hydromanten.«

Er grinste erfreut. »Das war die ganze Liste, oder habe ich etwas vergessen?«

»Nicht, dass es mir aufgefallen wäre.«

»Erlaubt mir, dass ich Euch eine Frage stelle, die mir schon lange auf der Zunge brennt.«

»Gewiss doch«, erwiderte Faustus liebenswürdig.

»Warum eigentlich der *Zweite* unter den Magiern? Wer ist dieser vermaledeite Erste, dem Ihr Euch so bereitwillig unterordnet?«

Faustus lächelte. »Vielleicht der Trumpf in meinem Ärmel?«

Der Junge sah ihn einige Herzschläge lang ausdruckslos an, so als müsste er tatsächlich überlegen, wie die Worte des Doktors gemeint waren. Dann erkannte er sie als das, was sie waren: »Ihr *droht* mir?«

Faustus lächelte nur.

Alexanders Mundwinkel zuckten, und seine Augenlider klimperten schneller. Dann brach er in schallendes Gelächter aus. »Aber … Faustus! … Ich meine, was redet Ihr da? Ihr seid mein Gefangener! Und da habt Ihr die Dreistigkeit …«

»Die Höflichkeit«, unterbrach ihn der Doktor. »Und zwar, Euch auf ein mögliches Missgeschick hinzuweisen.«

Der Junge trat einen Schritt zurück, nicht ängstlich, eher verwirrt, so als wollte er sein Gegenüber noch einmal einem genaueren Blick unterziehen. Dabei stieß er mit der Schulter gegen die Rinde des Baumstamms. Sofort rieselte von oben weißer Blütenflaum herab. Das Gesicht des Jungen verzog sich vor Schmerz, und Faustus sah, dass seine Haut dort, wo sie das Holz berührt hatte, aufgeschürft war. Eine Unzahl winziger Blutpunkte sprenkelte seine nackte, weiße Schulter.

»Ihr habt empfindliches Fleisch«, bemerkte der Doktor.

Zorn verzerrte für einen kurzen Moment das Statuengesicht des Jungen, doch er fing sich sogleich wieder, und abermals formten seine Lippen ein freundliches Lächeln. *Nur* seine Lippen. Faustus fiel auf, dass der Junge niemals mit den Augen lachte.

»Es ist nur Blut«, sagte Alexander gelassen.

»Ihr meint: Nicht das Eure.«

»Irgendwann wird es einen anderen Körper geben.«

»Wie oft wird Euer Geist es verkraften, vom reifen Mann zum Kind zu werden?«, fragte Faustus bohrend.

An einem Glimmen in den meerblauen Augen erkannte er, dass er einen wunden Punkt des Borgia getroffen hatte. Vielleicht *den* wunden Punkt.

»So oft es mir beliebt«, erwiderte der Junge mit einer Spur von Trotz. »Doch wo Ihr es schon ansprecht: Es ist genau dieser Umstand, über den ich mit Euch sprechen will.«

»Dem Tod ein Schnippchen zu schlagen?«

Alexander nickte. »Die Unsterblichkeit.«

»Was Ihr sucht, Alexander, ist *Göttlichkeit*. Das eine hat mit dem anderen so wenig zu tun wie Euer altes Ich mit dem Ersten Apostel.«

»Es war eine amüsante Zeit«, bemerkte der Junge,

jetzt wieder gelassener. »Der Heilige Stuhl kann bequemer sein, als viele es für möglich halten. Es ist wie mit allem im Leben – es kommt immer darauf an, was man daraus macht, nicht wahr?«

Er tippte mit der Fingerspitze eine Kirschblüte von seiner Wange und betrachtete sie mit naivem Interesse. Faustus fragte sich, ob in diesem Körper nicht immer noch Teile des Kindes steckten, das einst daraus verdrängt worden war.

Alexander fuhr fort: »Es ist beinahe zum Lachen, meint Ihr nicht? Da wurde ich doch ganz offiziell zum Vertreter Gottes auf Erden ernannt, zur Verkörperung des Ersten Apostels. Man könnte sagen, Petrus wurde in meinem Körper wieder geboren. Ist es da nicht gerecht, dass auch ich selbst dieses Recht für mich beanspruche?«

»Das Recht der Wiedergeburt? Ich bezweifle, dass Petrus es für sich beansprucht hätte.«

»Er hatte keine Wahl. Die Kirche hat es ihm aufgezwungen. Posthum, natürlich. Das machte die Dinge einfacher.«

Faustus zuckte die Achseln. »Wenn Ihr schon den Vergleich zu ihm sucht – erinnert Euch, wie es ihm letztlich ergangen ist. Man hat ihn mit dem Kopf nach unten gekreuzigt.«

»Das umgekehrte Kreuz – das Symbol des Satans. Glaubt Ihr, die Römer wussten, was sie da taten? Dass sie damit einem Jünger des Teufels den Weg ebneten, anderthalbtausend Jahre später zum Oberhaupt der Christenheit zu werden?«

Faustus runzelte erstaunt die Stirn. »Ihr habt die Art und Weise, auf die Petrus gekreuzigt wurde, für Eure Beschwörungen benutzt? Um *Papst* zu werden?« Fast hätte er beeindruckt hinzugefügt: *Das ist brillant.* Der Borgia war nicht zu unterschätzen.

Alexander lächelte verlegen. »Es war Bestandteil des Rituals. Um ehrlich zu sein, wusste ich nicht, wie viel auf die alten Überlieferungen zu geben war. Ein wenig war das Ganze deshalb auch ein Glücksspiel. Der Versuch hätte fehlschlagen können. Aber zuletzt haben die alten Chronisten Recht behalten. Und ich mit ihnen.« Sein Blick verklärte sich beim Gedanken an frühere Triumphe. »Ich dachte mir, dass Euch das gefallen würde, Faustus. Denn ist das nicht die Crux der ganzen Geschichte – dass wir beide uns so ähnlich sind?«

»Dem möchte ich höflichst widersprechen.«

»Ihr seid zu bescheiden.«

»Im Gegensatz zu Euch habe ich keine kleinen Kinder missbraucht um ...« Faustus brach ab, aber der Junge hakte nach:

»Um was, werter Doktor?«

»Um das zu tun, was ich getan habe.«

Alexander lachte. »Kein Grund, Euch zu zieren. Wir sind unter uns. Erzählt mir von Ägypten.«

Faustus atmete tief durch. »Die Pyramiden sind sehr beeindruckend. Ihr solltet Ihnen einen Besuch abstatten.«

Der Junge ließ sich seine Unzufriedenheit mit dieser Antwort nicht anmerken. »Ob Ihr's glaubt oder nicht, ich dachte daran, das Zentrum meiner Göttlichkeit an ihrem Fuß zu errichten. Als Vereinigung der alten Götter mit dem neuen, sozusagen.«

»Ihr solltet vorsichtiger sein, mit wem Ihr Euren Spott treibt«, sagte Faustus ernsthaft. »Es könnte sein, dass Ihr Euch mit Mächten anlegt, die weniger wohlwollend mit Euch umgehen als jener, den Ihr zu Eurem Meister erkoren habt.«

»Satan?« Alexander winkte ab. »Ich denke nicht, dass er ein Auge auf mein Tun hat. Alles, was er mir gegeben hat, habe ich teuer bezahlt.«

»Mit Menschenleben.«

»Dem einen oder anderen.«

»Hunderten.«

Der Blick des Jungen verfinsterte sich. »Wer wird schon so kleinlich sein! Seid kein solcher Erbsenzähler, Faustus. Aber, sagt mir, wie habt Ihr das gemeint? Mit welchen Mächten soll ich mich nicht anlegen?«

Jetzt war es an Faustus zu lachen. »Es ist beinahe beleidigend, mit welch plumpen Mitteln Ihr versucht, unser Gespräch zurück auf meine Zeit in Ägypten zu lenken. Ich denke, Ihr wisst sehr wohl, von welchen Mächten ich spreche.«

Ein Glitzern trat in die Augen des Jungen. »Jene, mit denen Ihr einen Pakt eingegangen seid?«

Faustus schüttelte den Kopf und seufzte. »Lasst uns offen miteinander reden, Alexander. Ihr seid auf der Suche nach der Unsterblichkeit. Doch alles, was Ihr erreicht habt, indem Ihr diesen Körper an Euch gerissen habt, ist ein Aufschub. Denn auch dieser Leib wird altern und sterben. Und ich bezweifle, dass Ihr die Kraft habt, Euren Geist ein zweites Mal in einem Kind zu reinkarnieren. Ihr seid gefangen, Alexander, ist es nicht so?«

Der Junge schwieg, starrte ihn nur durchdringend an. Ganz tief in seinen Augen loderte eine Flamme des Hasses, so blau wie der Himmel, der sich in einer Klinge spiegelt.

Faustus fuhr fort: »Euch sind die Gerüchte zu Ohren gekommen, laut derer ich mir durch einen Pakt das ewige Leben erkauft haben soll. Und nun hofft Ihr, dass ich Euch verrate, wie dieses Geschäft vonstatten ging. Ihr wollt es mir nachtun, nicht wahr? Sprecht frei heraus, Alexander, bevor ich beginne, mich in Eurer Gesellschaft zu langweilen.«

Das Engelsgesicht des Borgia war starr geworden,

eine Maske aus Eis. Die unverbindliche Liebenswürdigkeit, mit der er Faustus bislang begegnet war, schwand vollständig aus seiner Stimme. »Ich muss es wissen! Und Ihr werdet es mir verraten!«

»Es gibt nichts, das ich Euch verraten könnte. Nichts, das für Euch von Vorteil wäre.«

»Lasst das meine Entscheidung sein.«

»Ich habe Euch vor diesen Mächten gewarnt. Eure Grausamkeit wird sie nicht beeindrucken. Sie suchen anderes in einem Diener.«

»Etwa Eure *Weisheit*?«, fragte Alexander abfällig.

Faustus nickte. »Zum Beispiel.«

Ein schneidendes Lachen kam über die Lippen des Jungen. »Hat Euch Eure Weisheit geholfen, als meine Männer Euch festnahmen? Hat sie Euch davor bewahrt, nach Rom zu kommen? Oder warnte sie Euch vor Eurem verräterischen alten Freund?«

Seine letzten Worte trafen Faustus, doch er ließ es sich nicht anmerken. »In allem habe *ich* mir meine Menschlichkeit bewahrt, Alexander. Mit allen Makeln, die dazugehören. Eine ungesunde Portion Gutgläubigkeit ist gewiss einer davon.«

Der Junge schlug verärgert mit der flachen Hand gegen den Baumstamm. Wieder regnete es Kirschblüten. Faustus sah, dass die Handfläche des Borgia blutete, doch der Junge achtete nicht auf den Schmerz. Stattdessen ballte er die Hand zur Faust, bis es rot zwischen seinen Fingern hervorquoll. Dann presste er sich die flache Hand auf seine schneeweiße Brust. Als er sie wieder wegzog, prangte ein blutiger Handabdruck über seinem Herzen.

»Ihr unterschätzt mich, Faustus«, stieß er kalt hervor. »Wenn ich es will, ziehen sich diese Finger aus Blut um mein Herz zusammen und reißen es mir aus der Brust.« Er stieß die Hand vor, und ehe Faustus zurückweichen konnte, lag sie auf seiner Brust. Als er sie abschüttelte, war der schwarze Stoff seiner Kleidung dunkelrot durchtränkt. »Und Gleiches gilt für Euer Herz«, fuhr der Borgia fort. »Ein Gedanke von mir, und die Blutfinger auf Eurem Mantel ballen sich zur Faust und zerquetschen Euch das Herz wie eine faule Frucht. Glaubt mir, ich habe diese Macht!«

Faustus horchte in sich hinein, suchte nach Warnungen in seinem Inneren. Falls der Junge tatsächlich die Wahrheit sprach, so fand er keine Anzeichen dafür. Wenn es wahr war, würde es nicht helfen, einfach den Mantel abzustreifen – die Bluthand würde weiter wandern, bis sie sich in seine Haut und durch seine Rippen brannte. Blutzauber wie dieser erfreuten sich vor allem im Orient größter Beliebtheit. Faustus hatte einst von einem Wesir gehört, der auf diese Weise die Tochter eines Paschas getötet hatte, als sie sich weigerte, seine Zuneigung zu erwidern. Als man ihn dafür zum Tode verurteilte, gelang es ihm noch im Sterben, die gleiche List auch auf den trauernden Vater anzuwenden; beide Männer hauchten ihr Leben aus.

Faustus wusste nicht, ob der Junge ihm diesen Zauber nur vorgaukelte, oder ob er tatsächlich in der Lage war, ihn zu vollziehen. Eine knifflige Zwickmühle. Er berührte den Abdruck auf seinem Mantel und zerrieb ein wenig von dem Blut zwischen seinen Fingern, genauso, wie er es mit dem Wasser des Tiber getan hatte. O ja, dachte er beklommen, dieses Blut hat Macht. Es spricht von Magie und von Verderbtheit. Doch reichte all das aus, um einen der mächtigsten Zauber Arabiens zu beherrschen? Faustus bezweifelte es.

Langsam bückte er sich, riss ein Büschel saftigen Grases aus und rieb damit gemächlich über den Abdruck.

»Ich kann es tun«, warnte ihn Alexander, doch jetzt klang es bereits ein wenig hilflos.

Die Hoffnung des Doktors wuchs. Bald hatte er einen Großteil des Blutes mit dem Gras verwischt; nur jener Rest, der bereits in den Stoff eingezogen war, blieb übrig.

»Ihr seid ein Träumer«, sagte er zu dem Jungen und schleuderte ihm das Gras vor die Füße. »Glaubt Ihr wirklich, mich derart hereinlegen zu können? In meinem ganzen Leben habe ich niemanden getroffen, der auch nur jemanden *kannte*, der die Blutmagie des Orients beherrscht. Alles Gerüchte, Alexander. Genau wie das meiste von dem, was man mir andichtet.«

»Hund!«, brüllte der Borgia und verlor endgültig die Gewalt über seinen Zorn. »Ich werde Euch ...«

Ein lautes Rascheln unterbrach ihn, gefolgt von einem stumpfen Aufschlag. Beide Männer wirbelten herum.

Keine drei Schritte neben ihnen lag mit verrenkten Gliedern einer der Bogenschützen vom Dach. Der Aufprall hatte seinen Schädel zerschmettert.

Bevor der Borgia etwas sagen konnte, ertönten in rascher Folge hintereinander drei Schreie, die sich alsbald zu einem einzigen vereinten – um dann abrupt abzubrechen, als drei weitere Männer in den Innenhof stürzten und reglos liegen blieben.

»Was ...«, entfuhr es dem Jungen, doch Faustus gestattete sich kein Zögern, um die Hilflosigkeit seines Gegners zu genießen. Ein vierter Mann stürzte herab, und an seinem Gürtel war das Ende einer langen Strickleiter befestigt. Faustus blickte an ihr empor und sah, dass sie drei Stockwerke über ihnen auf dem Dach endete. Von hier unten aus war nicht zu sehen, was dort oben vorging, oder wer ihm so unverhofft zu Hilfe kam.

Faustus rannte los, ergriff die Sprossen der Leiter und kletterte geschwind daran empor. Das Gewicht des Leichnams an ihrem Ende hielt sie einigermaßen gerade, was den Aufstieg erleichterte.

Hinter seinem Rücken begann Alexander zu kreischen, hoch und schrill wie ein Eunuch, unter dessen Augen die Haremskönigin entführt wurde. Faustus blickte nur einmal kurz über die Schulter zu ihm zurück. Die Bluthand auf der weißen Brust war verlaufen, lange rote Linien führten über seinen Bauch nach unten und wurden von dem weißen Lendentuch aufgesaugt. Vor den Füßen des Borgia schlug ein Pfeil vom Dach ein und ließ ihn zurücktaumeln.

Mit einem raschen Lächeln wandte Faustus sich wieder der Leiter zu. Er passierte den Übergang vom ersten zum zweiten Stockwerk, war bald auf Höhe des dritten. Er hörte jetzt Stimmen aus dem Garten, als Bewaffnete aus den beiden Türen in den Hof stürmten und von Alexander mit wutschnaubenden Befehlen empfangen wurden.

Faustus hatte den Rand des Daches fast erreicht, als rings um ihn die ersten Armbrustbolzen einschlugen und kopfgroße Steinbrocken aus der Fassade brachen. Staub und Gesteinssplitter flogen umher und blendeten ihn, als er mit der Linken nach der Dachkante griff, sich die letzten Sprossen hinaufschob – und an der Rechten von zwei Händen gepackt wurde. Er geriet ins Pendeln, die Leiter machte eine halbe Drehung. Ein stählerner Bolzen bohrte sich nur wenige Daumenbreit von seinem Gesicht entfernt in eine der Holzsprossen und spaltete sie.

»Schnell!«

Faustus kannte die Stimme nicht, und noch immer brannten seine Augen vom Staub der splitternden Fassade. Erst als er sicher auf den kühlen Dachziegeln lag, klärte sich sein Blick. Im Osten erhellte sich der Horizont über den Dächern der Stadt, die Sonne würde bald aufgehen. Vor dem blaugelben Streifen am Himmel erhob sich eine schmale Silhouette und zerrte ungeduldig an seinem Arm.

»Komm schon. Die werden bald hier oben sein.«

Der Fremde sprach eine sonderbare Mischung aus Latein und dem römischen Dialekt, den auch Pamphili benutzte. Faustus brauchte nicht lange, um sich darauf einzustellen.

Jetzt konnte er die Gestalt genauer sehen.

Weißblondes Haar. Weiße Haut. Obwohl die Augen überschattet waren, hätte Faustus jede Wette abgeschlossen, dass sie blau waren. Der Junge hätte der Bruder des Borgia sein können.

»Ich bin sein Zwilling«, sagte sein Retter, als hätte er die Gedanken des Doktors gelesen. »Das heißt, ich *war* es, als Alexander den Körper meines Bruders noch nicht für seine Zwecke benutzt hat. Aber das ist lange her.«

»Wie ist dein Name?« Faustus ahnte die Wahrheit bereits, ehe der Junge ihm antwortete.

»Nenn mich Spiritus.« Und mit verschmitztem Schmunzeln fügte er hinzu: »Das Sanctus heben wir uns für die Zeit auf, wenn du mich besser kennst.«

»Aber …«

»Nicht jetzt«, fiel ihm Spiritus ins Wort. »Wir müssen uns beeilen.«

Wie zur Bestätigung wurde das Geschrei unten im Innenhof noch einmal lauter, dann brach es schlagartig ab, als die Männer im Inneren des Palazzo verschwanden. Sie waren jetzt auf dem Weg zum Dach.

»Die werden schneller hier sein, als du denkst«, sagte Spiritus. »Los jetzt!«

Faustus folgte ihm über das Dach des Palazzo, über

knirschende Schindelfelder, moosbewachsene Schrägen und an den Flanken schmaler Glockentürme vorbei. Er behielt den Jungen von hinten im Auge. Spiritus trug dunkle Kleidung und hatte sich das lange blonde Haar im Nacken zu einem Pferdeschwanz zusammengebunden. Einmal, als er sich umwandte und Faustus etwas zurief, erkannte der Doktor eine lange Narbe am Hals des Jungen; sie verlief quer von einer Seite zur anderen, so als hätte jemand versucht, ihm von hinten die Kehle durchzuschneiden. Die Ränder der Narbe waren unglücklich verwachsen, ein fingerbreiter Wulst aus wildem Fleisch lag wie ein hässlicher Schmuckreif um seinen Kehlkopf.

Spiritus hatte sich seinen Kurzbogen über den Oberkörper geschoben. An seinem Gürtel hingen ein Köcher mit Pfeilen und ein filigranes Schwert.

»Wohin laufen wir?«, fragte Faustus.

»In eines meiner Verstecke.«

»Hier im Gebäude?«

Spiritus schüttelte im Laufen den Kopf. »Es gibt hier welche, mehr als genug sogar. Aber im Augenblick ist es hier zu gefährlich.«

Sie erreichten eine weitere Strickleiter, die zusammengerollt an der Dachkante lag. Unter ihnen befand sich die rückwärtige Fassade des Palazzo. An ihrem Fuß verlief eine enge Gasse, die von hohen Bäumen eines benachbarten Garten überschattet wurde. Das eine Ende der Leiter war bereits am Dach befestigt. Faustus nahm an, dass Spiritus auf diesem Weg bereits heraufgekommen war.

»Werden sie uns da unten nicht erwarten?«, fragte er.

Spiritus hob die Schultern und lachte. »Wer kann das wissen?«

»Du nimmst unsere Gegner nicht besonders ernst.«

»O doch, gewiss. Aber Alexander weiß, dass ich es war, der dir geholfen hat. Deshalb wird er erst im Palazzo nach uns suchen. Er kennt meine Vorlieben.«

Faustus deutete hinab in die Gasse. »Und was ist mit denen da?« Vier Bewaffnete waren aus dem Schatten eines Baumes getreten.

»Die übliche Patrouille. Sie wissen noch nichts von uns.« Spiritus ließ die Leiter in die Tiefe sausen, ungeachtet des Lärms, den die Sprossen verursachten, als sie gegen die Hauswand schlugen. Dann, beinahe zu schnell für Faustus' Augen, lag plötzlich der gespannte Bogen in seinen Händen. In rascher Folge schoss der Junge vier Pfeile in die Tiefe.

Als Faustus wieder über den Dachrand schaute, lagen die Bewaffneten reglos am Boden. Im Halblicht der Morgendämmerung konnte er nicht erkennen, wo die Pfeile sie getroffen hatten. Erst wenig später, als er und Spiritus den Boden erreichten, sah er, dass alle vier Pfeile die Kehlen ihrer Opfer durchschlagen hatten.

Faustus nahm eines ihrer Schwerter an sich.

Der weißhäutige Junge wirkte im Schatten der Baumkronen wie ein Gespenst. »Sie werden gleich hier sein. Wir müssen weiter.«

Es hätte dieser Aufforderung nicht bedurft. Hastig wandte der Doktor seinen Blick von den Toten und folgte Spiritus ins Dunkel zwischen den Baumstämmen. Dort erhob sich eine Mauer, halb zerfallen und leicht zu erklimmen. Sie hatten gerade den oberen Rand erreicht, als hinter ihnen Rufe laut wurden. Die Männer des Borgia strömten durch einen Hinterausgang auf die Straße; sie hatten die toten Wachmänner entdeckt.

»Da sind sie!«, brüllte einer.

Er sprang hinter Spiritus her in einen wildwuchernden Garten, folgte ihm entlang hoher Büsche und verwachsener Bäume und rannte über einen Pfad, der offenbar erst kürzlich mit scharfer Klinge ins Gestrüpp geschlagen worden war. Spiritus hatte Vorsorge getroffen. Dennoch glaubte Faustus nicht, dass seine Befreiung ein gezielter Schlag gegen Alexander war. Vermutlich war Spiritus nur zufällig Zeuge des Gesprächs im Innenhof geworden.

Hinter ihnen raschelte es. Die Soldaten des Borgia hatten die Verfolgung über die Mauer aufgenommen. Flüche ertönten, als die Männer übereinander stolperten und sich in Ranken und Zweigen verfingen.

»Keine Sorge!«, rief Spiritus gepresst über die Schulter zurück. »Hier hab ich sie bisher jedes Mal abgehängt.«

Er sollte Recht behalten. Als sie auf der anderen Seite des weitläufigen Gartens ein Haus erreichten, waren die Rufe und Schritte der Bewaffneten bereits zurückgeblieben. Sie stürmten durch eine offene Tür, liefen durch ein halbverfallenes Treppenhaus und an der Vorderseite hinaus auf eine Gasse. Faustus nahm den Geruch des Flusses wahr, doch Spiritus führte ihn nicht bis ans Wasser, stattdessen bog er plötzlich nach rechts durch einen Mauerspalt in einen winzigen, höhlenartigen Verschlag. Aus einer Öffnung im Boden ragte das Ende eine Leiter.

»Was ist da unten?«, fragte Faustus argwöhnisch.

Spiritus schenkte ihm ein entwaffnendes Grinsen. »Nichts, das dir Sorge bereiten müsste, Zweiter unter den Magiern.« Er lachte kurz auf, dann sprang er schwungvoll in das Loch – ohne die Leiter zu benutzen. Faustus hörte ihn unten mit einem dumpfen Laut aufkommen.

»Was ist?«, rief der Junge herauf. »Wo bleibst du?«

Faustus seufzte und wollte auf die Leiter steigen, als Spiritus rief: »Nein, nicht die Leiter! Das ist nur ein Trick!«

»Ein ... Trick?«

»Die Sprossen sind angesägt. Falls mir jemand folgen sollte.«

Großartig, dachte Faustus. Ich bin von einem Kindskopf gerettet worden, der mit der ganzen Welt Krieg spielt.

Nach letztem Zögern warf er das Schwert in die Öffnung, dann folgte er dem silbrigen Glanz der Klinge ins Dunkel.

Ich bemerkte zu spät, dass ich mit der Ferse auf Angelinas Fingern stand. Sie schien es gar nicht wahrzunehmen; ihre Lehrmeister hatten ihr beigebracht, Schmerzen ohne Widerworte zu erdulden.

»Oh ... tut mir Leid«, flüsterte ich, aber sie schüttelte den Kopf und legte einen Finger an die Lippen.

Keinen Laut.

Natürlich hatte sie Recht. Es empfiehlt sich nicht, in einen der bestbewachten Paläste der Welt einzubrechen und dabei große Reden zu schwingen.

Wir erklommen die letzte der drei Mauern, die den Papstpalast umgaben. Der Weg hierher vermischte sich in meinem Kopf zu einem Wirrwarr aus rennen – stehen bleiben – klettern – rennen – stehen bleiben – klettern. Mir war schlecht vor Angst, aber ich hätte es nie vor Angelina eingestanden. Bislang waren wir vier Patrouillen ausgewichen, von denen mich – wäre ich allein gewesen – fraglos schon die Erste gefasst hätte.

Aber Angelina entpuppte sich, neben all ihren anderen Talenten, auch noch als Meisterin des Einbruchs. Allmählich war ich überzeugt, dass sie sich notfalls durch die Reihen einer kaiserlichen Heerschar schleichen konnte, ohne einer Menschenseele aufzufallen. Fraglos war ich ihr ein mächtiger Klotz am Bein – und nun hätte ich ihr beinahe auch noch die Finger ihrer Schwerthand zerquetscht. Wundervoll, Wagner, ganz wundervoll.

Von der dritten Mauer aus sahen wir in einiger Entfernung zwei Gardisten, die in die andere Richtung blickten, dorthin, wo hinter hohen Hecken das Hauptportal lag. Die Morgendämmerung war angebrochen, und jedes Zögern mochte unser letztes sein. Wenn es erst hell war, war es vorbei mit unserer Kletterpartie.

In Windeseile ließen wir uns hinab, wobei meine Hand nur um Haaresbreite einem daumenlangen Stahldorn entging; Hunderte davon waren in die Mauerkuppen eingelassen, um Einbrecher wie uns abzuschrecken. Doch Angelina schien jede noch so gemeine Falle vorauszusehen. Allmählich begriff ich auch, warum: Übungen der Eluciderii hatten an diesen Mauern stattgefunden. Das musste es sein! Angelina brach nicht zum ersten Mal in diesen Palast ein – mit dem bedeutsamen Unterschied, dass sie es damals unter der Aufsicht ihrer vatikanischen Lehrmeister getan hatte.

Eine Woge brennender Siegesgewissheit überkam mich. Ich beobachtete jede von Angelinas Bewegungen, die Art wie sie schlich und Geräusche vermied, wie sie sich immer wieder umschaute, um sicher zu gehen, dass uns niemand bemerkte. Nicht nur Faustus war mein Lehrmeister – Angelina war es längst ebenso. Sie war mir in mehr Dingen überlegen, als ich aus dem Stehgreif hätte aufzählen können.

(Gewiss, schmunzelnder Leser, *eine* Sache gab es, in

der ich ihr etwas hätte beibringen können. Hah – ich sehe Euch wissend nicken! Doch selbst Ihr müsst einsehen, dass es Augenblicke gibt im Leben, in denen die Lustbarkeiten zwischen Mann und Frau eine untergeordnete Rolle spielen – in Nächten zum Beispiel, in denen einem die gesamte Garde des Papstpalastes auf den Fersen ist, jeder Inquisitor des Kontinents einen brennen sehen will und der Mensch, dem man Treue geschworen hat, von blutrünstigen Feinden verschleppt worden ist. In der Tat, ob Ihr es glaubt oder nicht, mir stand der Sinn nicht nach wildem Gehopse in Strohbetten oder geheimer Narretei im Mondenlicht. Ganz *gewiss* nicht!)

Wir erreichten eine schmale Tür, die in einen der Anbauten des Palastes führte. Noch immer hatte man uns nicht entdeckt. Ganz kurz kamen mir Zweifel: Und wenn wir nun blindlings in eine Falle liefen?

Nein, kein Gedanke mehr daran!

Angelina wusste genau, was sie tat. Ich erhielt den nächsten Beweis ihrer Weitsicht, als sie mich hastig durch die Tür ins Innere drängte. Ich sah gerade noch, wie ein Trupp Gardisten aus den Schatten trat und über den Hof marschierte. Acht Mann. Vermutlich unser Untergang, wenn sie uns bemerkten. Doch Angelina schien den genauen Rhythmus zu kennen, in denen die Wachen patrouillierten, und so gelang es uns gerade noch, ins Innere des Gebäudes zu huschen, bevor wir auffallen konnten.

»Weißt du, wo's lang geht?«, flüsterte ich, als wir einen weißverputzten Gang hinunter blickten.

Angelina nickte und setzte sich in Bewegung. Ich folgte ihr über mehrere Flure, eine Treppe hinab und eine andere wieder hinauf. Mehr als einmal gingen wir weiteren Wachtrupps aus dem Weg, doch es gab keine Zwischenfälle. Unsere gezückten Klingen blieben blank, kein Blut ergoss sich über die edlen Marmorböden. Zur Abwechslung, so dachte ich, schien dies ein Teil unseres Abenteuers zu sein, in dem wir es nicht mit einer Übermacht schwertschwingender Hünen aufnehmen mussten.

Hinter einer Reihe schwerer Türen fanden wir die Bibliothek. Nur ein einziger Mann saß dort um diese Zeit, über ein Buch gebeugt, dessen aufgeschlagene Seiten gut und gern einen Schritt maßen. Doch der alte Mann blickte nachdenklich über das Geschriebene hinweg zu einem der hohen Bleiglasfenster. Das frühe Morgenlicht warf bunte Schlieren über seine Züge. Er war tief in Gedanken versunken. Sorgenfalten zerfurchten seine Stirn, sein Blick war schwer und traurig. Er sah aus, als hätte er in der vergangenen Nacht kein Auge zugetan.

Nun, da ging es ihm nicht anders als uns. Noch dazu hatten wir seit gestern Abend nichts zwischen die Zähne bekommen, und mein Magen knurrte. Einen Augenblick lang ruhte mein Blick fast ein wenig neidisch auf einer Schale mit trockenem Gebäck, die neben dem Buch auf dem Lesepult stand. Dann aber wandte ich mich dem Mann zu, während Angelina hinter mir die Tür der Bibliothek verriegelte.

»Massimo Pamphili«, rief ich ihn an.

Er wandte sich rasch um, überrascht, aber noch nicht verängstigt, trotz der Schwerter in unseren Händen. Er stand auf, blieb jedoch neben seinem Hocker stehen, eine Hand auf das Pult gestützt, die andere zu einer knochigen Faust geballt.

»Christof Wagner«, seufzte er. »Und Angelina, wenn ich mich nicht täusche.«

Ich schaute mich rasch in der Bibliothek um, suchte nach versteckten Gegnern. Doch Angelina war bereits losgehuscht, sah hinter jedes freistehende Regal und hinter die Vorhänge auf der Fensterseite des Saales. Die Unzahl an Büchern war beeindruckend, und an anderen Tagen hätte ich wohl so manches dafür gegeben, um mit den Fingern an den ledernen Buchrücken entlangzustreichen und in dem einen oder anderen Werk zu blättern.

Angelina kam wieder auf mich zu, mit federleichten, tänzelnden Schritten. Sie schüttelte den Kopf. Es war niemand in der Bibliothek außer Pamphili.

»Was wünscht Ihr?«, fragte der alte Mann.

Ich trat bis auf zwei Schwertlängen an ihn heran. »Das wisst Ihr, Pamphili. Wir sind auf der Suche nach einem Verräter.«

Der Bibliothekar blinzelte müde. »Mir scheint, Ihr habt ihn gefunden.«

»Keine Verteidigung?«

»Wozu wäre das gut? Ich denke, Ihr seid nicht gekommen, mich wimmern zu hören.«

Ich wechselte einen Blick mit Angelina. »Dazu könnte es durchaus noch kommen, wenn Ihr uns nicht auf der Stelle verratet, wohin Faustus gebracht worden ist.«

»Ihr glaubt, es ist mir leicht gefallen, nicht wahr?«

Ich holte tief Luft. »Euer Gewissen ist allein Eure Sache.«

»Faustus war mein Freund – trotz allem, was geschehen ist.«

»Oh, daran zweifle ich nicht«, entgegnete ich höhnisch. »Freunde wie Euch wünscht sich jeder Mann. Vor allem jemand, der so viel zu verlieren hat, wie mein Meister.« Zornig setzte ich hinzu: »Er hat Euch vertraut! Er sprach nur gut von Euch. Ich habe ihn gewarnt, aber er wollte nicht auf mich hören.«

Pamphili lachte leise. »Er hat sich seit damals nicht verändert. Er hat nie viel auf die Ratschläge anderer gegeben. Eher noch haben sie ihn angespornt, erst recht das zu tun, was er wollte.«

Einen Moment lang spürte ich das brennende Verlangen, Pamphili weiter über Faustus auszuhorchen. Trotz der Monate an meines Meisters Seite wusste ich kaum etwas über ihn. Der Bibliothekar hingegen schien ihn besser zu kennen als die meisten anderen. Gewiss hätte er einiges zu erzählen gehabt.

Doch hier und jetzt ging es nur um eines.

»Wo ist er?«, fragte ich noch einmal.

»Nicht hier«, erwiderte Pamphili. »Ihr könntet den Palast von oben bis unten durchsuchen, und Ihr würdet ihn nicht finden.«

Angelina machte einen drohenden Schritt auf den alten Mann zu, und für die Dauer einiger Herzschläge zeigte sich tatsächlich Furcht auf seinen Zügen. Dann aber legte sich wieder Niedergeschlagenheit wie eine Maske über sein Gesicht.

»Er hat gespielt und verloren«, sagte er. »Das hat er sein Leben lang getan.«

»Ihr sprecht von ihm, als wäre er tot«, entfuhr es mir beklommen.

Pamphili schüttelte den Kopf. »Ich denke nicht, dass er das ist.«

Ich wies mit der Schwertspitze auf seine Brust. »Dann sagt, wohin er gebracht wurde!«

»Was wollt Ihr tun? Einen alten Mann foltern? Ist das die Lehre, die Ihr aus Eurer Zeit mit Faustus gezogen habt?«

»Er erkennt die gelegentliche Notwendigkeit von Gewalt durchaus an.« Ich wurde zunehmend wütend auf diesen Alten, der von meinem Meister sprach, als sei er immer noch sein enger Freund.

»Man würde mich töten, wenn ich Euch sagte, was Ihr wissen wollt.«

»Ihr werdet auch sterben, wenn Ihr es nicht tut.«

Sein Blick bohrte sich in meine Augen. »O, ja? Ihr seht mir nicht aus wie einer, der anderen leichter Hand Schmerz zufügt.«

»Wenn man mich reizt«, widersprach ich ein wenig hilflos. Ich musste mir eingestehen, dass Pamphili mich mit erschreckender Leichtigkeit durchschaute.

»Das sehe ich anders«, sagte er.

Er lässt es auf ein Wortgefecht ankommen, dachte ich. Er will Zeit gewinnen – für was auch immer.

Ehe ich etwas erwidern konnte, hielt Angelina plötzlich ihren Dolch in der Hand. Sie rammte ihr Schwert in das Buch auf dem Pult, so dass es aufrecht dastand wie ein Kreuz am Wegrand. Dann war sie in Windeseile bei Pamphili, drückte seine flache Hand auf das Papier und presste die Messerschneide auf seinen kleinen Finger.

Ich schluckte, dann fing ich mich. »Ich würde es an Eurer Statt nicht darauf ankommen lassen«, empfahl ich ihm.

Der Blick des Alten wurde abfällig. »Verfluchte Engelsbrut!«

Angelina drückte den Dolch herunter. Eine Blutfontäne fächerte über das Weiß der Buchseiten.

Pamphili schrie nicht. Zumindest nicht gleich. Entgeistert starrte er auf seinen kleinen Finger, den Angelinas Klinge über der Wurzel abgetrennt hatte. Er lag in dem offenen Buch wie ein makaberes Lesezeichen.

Ich sprang vor und presste ihm meine Hand auf den Mund.

»Wo – ist – Faustus?«

Der Schrei stieg in ihm auf und versuchte sich Bahn zu brechen. Doch meine Hand hielt ihn auf, bevor er die Wachen auf den Gängen alarmieren konnte.

Angelina drückte die Finger des Bibliothekars noch

immer mit aller Kraft auf das Lesepult. Ihr Dolch wanderte zum Ringfinger, auf dem ein dunkler Siegelring steckte. Sie setzte die Klinge gleich neben dem Metallreif an.

»Ihr werdet antworten«, flüsterte ich Pamphili ins Ohr, erschrocken über meine eigene Kaltblütigkeit. Ich gab mir alle Mühe, nicht auf den abgeschnittenen Finger zu blicken. Als ich es doch tat, spürte ich ein heftiges Rumoren im Magen. Ich löste meine Hand einen Spaltbreit vom Mund des Alten. Ein Keuchen kam über seine Lippen, aber kein weiterer Schrei.

»Ich kann es Euch … nicht sagen …«

Angelina zauderte nicht. Ihre Engelinstinkte hatten längst die Oberhand gewonnen. Keine Skrupel mehr, kein Mitgefühl.

Ein einziger Druck auf den Dolch, und der Ringfinger war sauber abgetrennt. Der Blutstrahl war stärker als der erste und sickerte dunkelrot durch die Papierschichten des Folianten. Auch das verlockende Gebäck in der Schale wurde davon getränkt. So viel zu unserem Frühstück.

Pamphili drohte in meinem Griff schlaff zu werden. Schon fürchtete ich, er würde das Bewusstsein verlieren. Doch dann fing er sich, und abermals erstickte meine Hand seinen dumpfen Schrei. Meine Knie wurden weich, doch es war der einzige Weg. Allein hätte ich ihn nie beschreiten können. Angelina dagegen vollzog die Folter ohne ersichtlichen Widerwillen. Sie hatte abgewägt – Pamphili gegen Faustus – und kühl ihre Entscheidung getroffen.

Sie setzte den Dolch am Mittelfinger an.

Pamphili schüttelte heftig den Kopf, so fest, dass meine Hand von seinen Lippen glitt. Doch er rief nicht um Hilfe. Er hatte begriffen, dass es für Angelina keine Rolle spielte, ob sie ihn verstümmelte oder tötete.

Er stammelte, dass er uns alles verraten würde, wenn wir nur die Blutung stillten. Ich hieb einen Streifen von einem der Vorhänge ab und umwickelte seine Hand damit, während Angelina ihn weiter in Schach hielt. Versehentlich stieß ich dabei gegen den abgetrennten Ringfinger; ein Zittern durchfuhr mich bei der Berührung.

Wir setzten den Bibliothekar auf seinen Hocker und lehnten ihn mit dem Rücken gegen das Schreibpult. Angelina schlang eine der Vorhangschnüre um seine Waden, damit er nicht fortlaufen konnte.

»Nun?«, fragte ich und gab mir Mühe, gelassen zu klingen. Ich hoffte sehr, dass mein innerer Aufruhr nicht allzu offensichtlich war.

Pamphili begann mit schleppender Stimme zu erzählen.

Feuchte Pilzkissen schimmerten an den Wänden des Tunnels. Es roch nach Erde und abgestandenem Wasser, nach nassem Gestein und einer toten Katze, die sich vor Wochen in eine Nische zum Sterben zurückgezogen hatte.

»Ist das ein Stück der alten Kanalisation?«, fragte Faustus.

Im Gegensatz zu Spiritus musste er sich bücken, um nicht mit dem Kopf an der Decke anzustoßen.

Der Junge nickte. »Aus der Zeit der römischen Kaiser. Das meiste ist verschüttet, aber hier und da gibt es noch einige Schächte, meist nicht tief unter den Straßen. Räuber benutzen sie als Verstecke oder Lagerräume.«

»Und der hier?«

»Hierher wagt sich keiner, nachdem ich ein paar von diesen Ratten mit dem Bogen begrüßt habe.«

Der Tunnel endete an einer Art Rampe aus Stein und Erdreich. Irgendwann war hier einmal die Decke eingebrochen. Spiritus drängte sich in der rechten Wand durch einen Spalt, den Faustus beinahe übersehen hätte. Dahinter lag ein Hohlraum, der einst offenbar Teil eines parallel verlaufenden Kanals gewesen war. Er maß nur sechs oder sieben Schritte und war an beiden Enden zugeschüttet. Auf dem Boden lag eine Decke, außerdem stand dort eine hölzerne Kiste. Spiritus entriegelte sie und zog zwei Stücke Pökelfleisch und einen trockenen Brotlaib heraus.

»Ich vermute, du hast noch nicht gefrühstückt, Zweiter unter den Magiern.«

»Nenn mich nicht so.« Nichtsdestotrotz nahm der Doktor, was ihm angeboten wurde. Er war nicht wirklich hungrig – er brauchte im Allgemeinen wenig Nahrung –, dennoch war er dankbar, dass der Junge seinen Besitz mit ihm teilte.

»Alexander hat dich gefragt, warum du dich so nennst. Verrätst du es mir?«

Faustus schüttelte den Kopf. »Ich frage *dich* auch nicht nach deinen Geheimnissen.«

»Es gibt nicht viele.«

»Das bezweifle ich. Wer sich an solchen Orten verstecken muss und es mit den Männern des Borgia aufnimmt, muss eine Menge Geheimnisse haben.«

Spiritus lächelte bescheiden. Es war verblüffend, wie ähnlich er dem wieder geborenen Borgia sah und doch mit seiner Mimik Empfindungen ausdrücken konnte, die Alexander vollkommen fremd waren. »So wie ihr beiden miteinander gesprochen habt, scheinst du das meiste bereits zu wissen.«

Faustus nickte. »Ich kenne die Geschichte der Engelskrieger. Ich weiß, dass drei von euch ausgesucht wurden, um … einem besonderen Zweck zu dienen.«

Er war nicht sicher, ob Spiritus wusste, dass man ihm zugedacht hatte, als Gastkörper der wieder geborenen Lucrecia herzuhalten.

»Wie hast du davon erfahren?«, fragte der Junge.

»Das ist eine lange Geschichte. Zu lang für diesen Ort und diesen Tag.«

»Ist es wahr, dass du unsterblich bist?«

Faustus lag eine seiner üblichen Erwiderungen auf der Zunge, mit denen er stets widersprach, wenn man ihn mit den Gerüchten über seinen Pakt konfrontierte. Doch etwas hielt ihn davon ab, Spiritus mit der gleichen vorgefertigten Antwort abzuspeisen. Der Junge hatte ihm das Leben gerettet, und er steckte tiefer in dieser Angelegenheit als die meisten anderen, die damit zu tun hatten. Er war einer der Drei. Einer der Auserwählten.

»Ich habe mich in Ägypten mit Dingen beschäftigt, die manch einer Zauberei nennen würde«, erklärte Faustus vorsichtig. »Es kam zu Anrufungen gewisser Gottheiten, an die heute niemand mehr glaubt, und zu … Vereinbarungen.«

»Mit Anubis?«

»Du weißt, wer das ist?«

Spiritus verzog das Gesicht. »Ich lebe vielleicht auf der Straße, aber das heißt nicht, dass ich dumm bin. Die Lehrmeister des Vatikans haben mich jahrelang mit ihrem Wissen gefüttert, damit ich bereit bin für den Tag, an dem Lucrecia und Cesare den Streit mit ihrem Vater beilegen.«

»Wie bist du ihnen entkommen?«

»Irgendwann begriff wohl auch Alexander, dass es keinen Frieden mit seinen Kindern geben würde. Ich bin nicht einmal sicher, ob die beiden überhaupt an seine Wiedergeburt geglaubt haben. Wahrscheinlich haben sie nur einen kleinen blonden Jungen vor sich gesehen, nichts sonst.« Er lachte abfällig. »Danach wussten seine verbliebenen Anhänger im Vatikan nicht, was man mit uns tun sollte. Er selbst hatte die Katakomben ja längst verlassen und war mit seinem Gefolge untergetaucht. Papst Leo hatte keine Ahnung, was er mit uns anstellen sollte. Die anderen Engel taugten zumindest als Krieger, aber Filius und ich waren zu nichts nutze – unsere Ausbildung war vor allem eine des Wissens gewesen, nicht des Kampfes. Alles, was ich heute beherrsche, habe ich mir selbst beigebracht.« Er wies auf den Köcher mit Pfeilen an seinem Gürtel. »Ich bin sicher, Leo hätte uns früher oder später töten lassen, und wenn nicht er, dann einer von Alexanders Handlangern im Papstpalast. Doch einer unserer Lehrmeister hatte Mitleid und ermöglichte uns die Flucht. Seitdem schlage ich mich durch. Der Borgia hat mir und den anderen schlimme Dinge angetan – aber das weißt du.«

»Filius ist tot, sagte man mir.«

Der Junge nickte. »Er war merkwürdig, schon eine ganze Zeit, bevor wir entkamen. Ich glaube, er hatte schon früher erfahren, was man mit uns vorhatte. Er hat versucht, damit zu leben und konnte es nicht. Draußen auf den Straßen war er verloren. Er erzählte jedem, er sei der Sohn Gottes, und alle hielten ihn für verrückt. Zu Anfang habe ich versucht, mich um ihn zu kümmern, aber irgendwann wurde sein Verhalten immer seltsamer. Er war krank, glaube ich, und es wurde schlimmer. Er hat uns beide gefährdet, trieb sich auf dem Bauplatz herum und faselte wirres Zeug. Ich fand heraus, dass der Borgia ihn beobachten ließ, und ich glaube, dass er es war, der den Auftrag gab, Filius zu töten. Sicher, angeblich hat ihn irgendein Arbeiter erschlagen. Und vermutlich stimmt das sogar. Aber keiner hat gefragt, was der Arbeiter dafür bekommen hat. Er hätte es auch niemandem mehr erzählen können, so schnell haben die ihn aufgeknüpft. Von da an wurde ich noch vorsichtiger. Wenn Alexander mich in die Finger bekommt, bin ich tot.« Jetzt grinste er wieder wie ein begeistertes Kind. »Umso mehr Spaß macht es, ihm auf der Nase herumzutanzen.«

»Warum hast du Rom nicht verlassen?«

»Was soll ich denn anderswo?« Ein Anflug von Trauer überschattete seine ebenmäßigen Züge. »Ich bin da, wo der Borgia ist.«

»Wenn du ihn so sehr hasst, warum hast du ihm dann vorhin keinen Pfeil ins Herz gejagt?«

»Vielleicht habe ich es ja versucht.«

»Nein«, widersprach Faustus bestimmt. »Der Pfeil vor seinen Füßen hat ihn absichtlich verfehlt.«

Der Junge schwieg einen Moment, zögerte. »Er ist immer noch mein Bruder«, sagte er dann. »Irgendwie.«

Faustus sah ihn lange an, versuchte zu erkennen, was hinter dem tiefen Blau dieser Augen vorging. Wie sehr musste der Junge darunter leiden, in einem ewigen Widerstreit aus Hass und Liebe zu leben? Im Grunde unterschied sich das, was er tat, nicht von den spielerischen Kämpfen kleiner Kinder: Einen Moment lang waren sie vor Wut bereit, dem anderen einen Stein oder Knüppel auf den Kopf zu schlagen, um bald darauf gemeinsam in einer Ecke zu sitzen und sich ihr Spielzeug zu teilen. Es war diese Art von Gefühlen, die Spiritus für den Borgia hegte, und seine Trauer darüber war größer, als sein munterer Auftritt vermuten ließ.

»Willst du, dass ich ihn töte?«, fragte Faustus und sah ihn dabei eindringlich an.

»Du? Wie könntest du das?«

Faustus schüttelte den Kopf. »Sag mir erst, ob du mir helfen wirst?«

Spiritus überlegte kurz, dann wich er Faustus' Blicken aus. »Nein«, sagte er leise. »Äußerlich ist er immer noch mein Bruder. Der Einzige, der mir geblieben ist, nachdem man uns von zu Hause fortgebracht hat. Meine Eltern, meine Schwestern – sie alle leben nicht mehr.«

»Er ist nicht mehr dein Bruder«, sagte Faustus. Es war ein aussichtsloser Versuch, das war ihm klar, noch während er die Worte sprach. Und er konnte es dem Jungen nicht einmal übel nehmen.

»Tief im Inneren muss noch etwas von ihm übrig sein«, widersprach Spiritus.

»Glaubst du das wirklich?

»Mit dem Herzen. Nicht mit dem Kopf.«

Es hatte keinen Sinn, dagegen anzureden. Spiritus kannte die Wahrheit, und doch wollte er nicht akzeptieren, dass sein Bruder tot war. Alexander hatte nicht einfach Besitz von dem Jungen Dominus ergriffen – er war *neugeboren* in ihm. Was immer zuvor da gewesen war, war nun für immer ausgelöscht.

»Wenn du mir nicht hilfst«, begann Faustus, »heißt das, du wirst ...«

»Gegen dich kämpfen? Ganz gewiss nicht. Ich will nur nicht, dass es mein Kampf wird.«

Nachdem Faustus eine Weile nachgedacht und geschwiegen hatte, fragte Spiritus: »Hast du einen Plan?«

»Sag mir eines«, verlangte Faustus statt einer Antwort. »Weiß Papst Leo, wo Alexander sich versteckt?«

Spiritus lachte auf. »Bist du von Sinnen? Er würde umgehend jeden Gardisten dorthin schicken, um das Nest des Borgia auszuräuchern.«

»Aber ihm müssen doch Gerüchte zu Ohren gekommen sein! Alexanders Männer marschieren dort bewaffnet ein und aus, jeder kann sie sehen.«

»Viele adelige Familien in Rom unterhalten Privatarmeen. Und solange Alexander sich nicht selbst sehen lässt, erfährt keiner die Wahrheit.«

Faustus war noch immer nicht überzeugt. »Aber selbst unter den Männern des Borgia muss es Verräter geben. Spione des Vatikans. Oder nur den einen oder anderen, der im Suff geschwätzig wird. Eine solche Sache kann man nicht geheim halten, nicht in einer Stadt wie Rom.«

»Nicht vor allen«, pflichtete Spiritus ihm mit verschmitztem Lächeln bei. »Aber sehr wohl vor dem Papst. Im Vatikan gibt es genug Männer, die über Alexander Bescheid wissen.«

Faustus dachte an Pamphili und nickte stumm.

»Vergiss nicht«, fuhr der Junge fort, »dass kein Mann in Rom derart behütet wird wie der Papst. Seine Berater entscheiden, was ihm zu Ohren kommt und was nicht. Der Borgia hat noch immer loyale Anhänger im Papstpalast, und sie wissen die Wahrheit zu verschleiern, bevor sie durch die Türen von Leos Gemächern dringt. Solange die Gerüchte nicht den Papst selbst erreichen, ist Alexander sicher.«

Faustus erkannte allmählich, dass die Verschwörung um die Wiedergeburt des Borgia ungleich weitreichender war, als er bislang angenommen hatte. Wie viele Männer auf hohen Posten des Vatikans mochten darin verwickelt sein? Ein Dutzend? Noch mehr?

Er fasste einen Beschluss.

»Sag schon«, drängte Spiritus mit jungenhafter Neugier, »was willst du unternehmen?«

»Wenn ein Mann bis zum Papst vordringt und ihm die Wahrheit berichtet ...«

Spiritus fiel ihm ins Wort. »Du willst zum Papstpalast gehen und mit Leo sprechen? Nie und nimmer wird man einen dahergelaufenen Kerl wie dich vorlassen.«

»Das kommt ganz darauf an.«

»Worauf?«

»Wer dieser Kerl ist. Wenn es jemand ist, den Leo selbst zu sehen wünscht, könnten sich die Tore öffnen.«

»Warum sollte er dich sehen wollen? Leo hat nur Sauferei und Völlerei im Sinn, ganz Rom weiß das. Er hat keine Geduld für die Kirchengeschäfte, für ihn zählen nur prachtvolle Feste und Gelage. Man sagt, er habe Schulden gemacht – über vier Millionen Dukaten.« Zog man in Betracht, dass in Rom ein Haus für hundert Dukaten zu haben war, war dies tatsächlich eine erkleckliche Summe.

Doch Faustus war nicht überrascht. Er hatte bereits von den Ausschweifungen Leos gehört. Hatte Alexander zu seiner Amtszeit Schwarze Messen gefeiert und die Portale des Vatikans für Hunderte von Huren geöffnet, waren die Lustbarkeiten Leos schnöderer Natur: Saufen und Fressen waren seine Makel, ohne jeden Hintersinn. Er war ein Genussmensch, wie es sie in Klerus und Adel überall gab. Schon erzählte man sich, er würde das Papsttum in den Ruin treiben. Er hatte Schulden bei allen großen Geldverleihern der Stadt. Der angesehenen Bankiersfamilie Strozzi drohte gar der Bankrott, weil Seine Heiligkeit keine einzige Dukate zurückzahlen konnte. Dass trotz allem die Arbeiten an der neuen Kathedrale weitergingen, lag nur am Wohlwollen frommer Gönner, aus deren Vermögen die Löhne der Arbeiter gezahlt wurden. Die meisten von ihnen waren klug genug, ihr Gold höchstpersönlich zum Bauplatz zu tragen; hätten sie es den vatikanischen Bittstellern anvertraut, wäre damit doch nur Leos Weinkeller gefüllt oder seine Küche bestückt worden.

»Du hast Recht«, sagte der Doktor. »Und doch gibt es etwas, das sogar Leos Appetit übertrifft – sein Hass auf Alexander. Trotz aller Völlerei ist Leo ein gläubiger Mensch, und die Teufelsanbetung des Borgia ist ihm immer zuwider gewesen. Abgesehen davon nimmt er Alexander gewiss das lästige Vermächtnis übel, das er ihm in den Katakomben hinterlassen hat. Er würde die Engel lieber heute als morgen loswerden.«

Spiritus legte die Stirn in Falten. »Das erklärt noch immer nicht, wie du es schaffen willst, zu ihm vorgelassen zu werden.«

»Auch Leo hat bereits vom berüchtigten Doktor Faustus gehört«, erklärte der Meister schmunzelnd. »Er weiß, dass ich in der Stadt bin. Seine Garde sucht nach mir. Es wäre dem Papst gewiss eine große Freude, mich brennen zu sehen – zumal dies einen vortrefflichen Anlass für ein Bankett abgeben würde. Meinst du nicht auch?«

Spiritus schüttelte ernst den Kopf. »Man wird dich auf der Stelle hinrichten.«

»Vielleicht gelingt es mir zuvor, ein paar Worte an den Papst zu richten.«

»Was hilft's, wenn er dich gleich danach töten lässt?«

Faustus Blick verfinsterte sich. »Wenn es bedeutet, dass dadurch dem Borgia das Handwerk gelegt wird, ist es das vielleicht wert.«

»Dein Tod für den Alexanders?« Spiritus sah ihn groß an, sichtbar fassungslos.

Aber Faustus gab keine Antwort.

7. Kapitel

Angespannt starrte ich hinauf zum Himmel. Mächtige Wolkenballen schoben sich von Norden her Richtung Stadt. Schon überschatteten sie die äußeren Viertel, und immer noch raste die Düsternis näher heran. Bald würde sie uns erreichen.

»Gleich ist es soweit«, flüsterte ich Angelina zu, die neben mir kauerte, verborgen im dichten Gestrüpp eines Gartens. Seine Äste drängten sich verschlungen an ein Gitter zur Straße. Wir hockten dahinter, umschmiegt von dichtem Blattwerk. Die Gasse, auf die wir durch die Eisenstäbe blickten, war ein wenig zu breit, als dass uns ihre Überquerung keine Sorge bereitete. Die Wand des Palazzo, der sich auf der anderen Seite erhob, war in den beiden unteren Stockwerken fensterlos, doch ich zweifelte nicht, dass weiter oben Wachleute die Umgebung im Auge behielten.

Plötzlich wurde die Sonne von den Wolken geschluckt wie eine Goldmünze, die in einem bodenlosen Brunnenschacht versinkt. Ein graues Zwielicht, gepaart mit knisternder Gewitterwärme, schob sich durch die Gasse, den Garten, das Gitter.

»Was tun wir?«, fragte ich. »Warten wir noch auf den Regen?«

Angelina schüttelte den Kopf und erhob sich langsam aus der Hocke. Zweige strichen über ihre Ledermaske, raschelten über die Schnallen an ihrem Hinterkopf.

Sie hatte natürlich Recht. Wir wussten nicht, wie es um Faustus stand. Nur, dass er irgendwo dort drinnen war. Und dass mehr als nur sein Leben auf dem Spiel stand.

Wir hatten Pamphili in der Bibliothek zurückgelassen, nachdem er uns alles verraten hatte. Seine Wunden waren verbunden, und ich hatte bemerkt, dass Angelina ihn auf eine Art und Weise gefesselt hatte, die es ihm erlauben würde, sich in kürzester Zeit zu befreien. Nachdem der Bibliothekar erst einmal alles gestanden hatte, hegte sie keinen Groll mehr gegen ihn. Sie wollte ihm kein weiteres Leid zufügen, und es war weder in ihrem, noch in meinem Sinne, dass er hilflos verblutete.

Wir hatten gerade die äußere Mauer des Vatikans bewältigt – eben noch rechtzeitig, denn die Sonne war bereits aufgegangen – und rannten hinab in die Gassen des Borgo Leonino, als hinter uns eine Glocke geläutet wurde. Jemand schlug Alarm. Vermutlich würde man den Palast auf den Kopf stellen und später im Borgo nach uns suchen. Vergeblich. Pamphili würde der Garde nicht verraten, dass er wusste, wo wir zu finden waren. Es konnte nicht in seinem Sinne sein, die Soldaten zum Palazzo des Borgia zu führen. Unser Geheimnis war auch das seine. Zudem hofften wir, dass er zu beschäftigt war mit seinen Wunden, um sofort einen Boten zu Alexander zu schicken. Falls doch, mussten wir in das Innere des Palazzo eindringen, bevor die Wachmannschaft verstärkt wurde. Bald würde nicht einmal mehr eine Maus unbemerkt durch die Absperrung kommen.

Angelina kletterte als Erste über den Gitterzaun, ich folgte dicht auf. Ein letztes Umschauen, dann der hastige Lauf über die Gasse, entlang der Mauer bis zu einer Hintertür. Sie war verriegelt, natürlich, doch Angelina brauchte nur wenige Atemzüge, um das Schloss mit ihrem Dolch zu öffnen. Langsam schob sie die Tür nach innen, blickte durch den Türspalt – und gab mir mit einem Wink zu verstehen, sogleich wieder zurückzuweichen.

Ich presste mich außen gegen die Palazzowand, während Angelina die Tür mucksmäuschenstill wieder schloss. Wenig später hörten wir an der Innenseite schwere Schritte vorübergehen. Dann, nach ein paar Augenblicken, war Stille.

Zugleich jedoch tauchten an der fernen Ecke des Gebäudes Bewaffnete auf. Wachmänner auf ihrem Rundgang.

Wir drängten uns durch den Eingang, bevor sie uns entdecken konnten. Unendlich vorsichtig drückte ich die Tür hinter uns zu, während Angelina den Korridor im Auge behielt. Es war ein tunnelartiger Gang mit Gewölbedecke, von nur wenigen Fackeln in weiten Abständen erleuchtet. Schnurgerade erstreckte er sich nach rechts und links, an der Innenseite der Hauswand entlang.

Die Wachen waren nach links marschiert, also wandten wir uns nach rechts. Es war unmöglich, lautlos zu laufen, selbst für Angelina. Der Boden bestand aus rauen Steinfliesen, auf denen unsere Stiefelsohlen vernehmlich raschelten, trotz aller Obacht. Dennoch bogen wir ungehindert um eine Ecke und gelangten schließlich zum Ende des Gangs. Vor uns befand sich eine Doppeltür aus dunklem Holz. Durch das Schlüsselloch, groß wie ein Daumenglied, fiel ein greller Lichtstrahl. Staubflocken tanzten im Tageslicht.

»Ein Innenhof«, flüsterte ich.

Angelina nickte.

»Wagen wir's?«

Sie schien zu überlegen, wurde aber abrupt aus ihren Gedanken gerissen, als dröhnende Schritte hinter uns die Rückkehr der Patrouille ankündigten.

»Sieht aus, als hätten wir gar keine andere Wahl«, raunte ich ihr zu und drückte die grobe Eisenklinke hinunter. Ein Knirschen ertönte, dann schlüpften wir durch das Portal ins Licht.

Der Innenhof war verlassen. Über uns verlief rundrum eine Balustrade, die von reich verzierten Säulen gehalten wurde. Eine breite Treppe führte an der gegenüberliegenden Wand nach oben. Pflanzenkübel mit verdorrtem Gestrüpp standen in unregelmäßigen Abständen auf dem gemauerten Geländer. Einige waren gesplittert, einer lag gar zerschellt am Boden. Den Hausherr schien das nicht zu bekümmern.

Die Patrouille hinter dem Portal kam näher. Jetzt konnte ich die Stimmen der Männer hören, sogar ihr raues Lachen. Das waren keine echten Soldaten, so viel war sicher. Der Borgia hatte vermutlich jeden Halsabschneider angeheuert, der geschickt war im Umgang mit Schwert oder Armbrust. Doch allein die Uniformen, die sie trugen, machte aus ihnen keine Garde. Ihr Lachen verriet es nur zu deutlich: Das Töten mochten sie gelernt haben, die nötige Disziplin aber fehlte ihnen.

Angelina stieß mich an und deutete auf die Säulen. Geschwind suchten wir dahinter Schutz. Das Portal wurde geöffnet. Vier Männer betraten den Hof, schwätzend, lärmend, während einer von ihnen, ein bärtiger Riese aus dem Norden, mit schwerem Akzent von der vergangenen Nacht in den Armen eines Weibsbilds erzählte.

Ich nahm an, dass wir in unseren Verstecken bleiben würden, bis die Männer durch die Tür auf der anderen Seite des Hofs verschwunden waren. Doch Angelina hatte einen anderen Plan.

Sie wartete, bis die Bewaffneten an uns vorbei waren, dann sprang sie abrupt hinter der Säule hervor, streckte den ersten mit einem Hieb von hinten nieder, verletzte einen zweiten am Bein und ließ sich auf ein klirrendes Gefecht mit dem Nordmann ein.

Mit einem Seufzer schloss ich mich an. Noch immer war das Überraschungsmoment auf unserer Seite. Meine Klinge züngelte auf den vierten Mann zu, wurde abgewehrt, fand aber im zweiten Anlauf ihr Ziel: Tief grub sie sich in seine Brust, durchbohrte sein Herz.

Es war eine Torheit! Das Klirren der Waffen musste andere herbeilocken, und wenn das nicht reichte, dann gewiss das Geschrei des Verletzten, der sich mir jetzt mit blutendem Oberschenkel entgegenstellte. Er war zäh, und einen Moment lang geriet ich in arge Bedrängnis. Dann aber gelang es mir, unter seiner Klinge hinwegzutauchen und einen gezielten Hieb gegen seine Hüfte zu führen. Mein Schwert fraß sich handbreit in Fleisch und Knochen. Augenblicklich brach der Mann zusammen. Ich versetzte ihm den Todesstoß, um Angelina zur Hilfe zu eilen. Der Riese schlug mit solcher Wut auf sie ein, dass ich mich wunderte, wie es ihr trotz allem noch gelang, seine Hiebe zu parieren. Selbst einen Stärkeren als sie hätten diese Schläge zu Boden zwingen müssen, doch sie hielt stand, fing eine Attacke nach der anderen ab, bis die Funken von den Schwertern sprühten und der Mann den Mund aufriss, um einen zornigen Schrei auszustoßen.

Im selben Augenblick aber war ich bei ihnen, und gemeinsam schafften wir es, den Mann mit dem Rücken an eine Wand zu treiben.

Er war stark, aber ungeschickt, und den Ausfällen zweier Gegner hatte er auf Dauer nichts entgegenzusetzen. Schließlich führte ich einen Stich in Richtung seiner Brust, wurde pariert, doch zugleich hieb Angelina mit ihrem Schwert auf das seine ein und entwaffnete ihn. Scheppernd fiel seine Waffe zu Boden. Mit einem Fußtritt beförderte ich sie aus seiner Reichweite.

Ich wusste jetzt, warum Angelina die Männer angegriffen hatte. »Sag«, verlangte ich und drückte dem Riesen meine Schwertspitze unters Kinn, »wohin habt ihr euren Gefangenen gebracht?«

Schweiß perlte von seiner Stirn, lief in seine Augen. Doch der Mann blinzelte nicht einmal. Hasserfüllt starrte er mich an. Offenbar fiel es ihm leichter, in mir – einem Mann – seinen Bezwinger zu sehen, als in einem maskierten Mädchen mit den Armen einer Tänzerin. Er beachtete Angelina mit keinem Blick, ebenso wenig ihr Schwert, das auf seine Brust gerichtet war.

»Ich weiß nicht, wen ihr meint.«

Das war die Antwort, die ich erwartet hatte. Zu viele Kämpfe unter ähnlichen Bedingungen, zu viele Begegnungen mit Dummköpfen wie ihm, die ihren Stolz über ihr Leben stellten. Zumindest eine Weile lang. Immer das Gleiche.

Angelina holte aus und zog ihm die Schwertspitze in einer raschen Bewegung über die Brust. Der Stoff seines Wamses klaffte auf, und mit ihm die blondbehaarte Haut darunter. Sofort färbte sich der Schnitt dunkelrot. Es war keine tiefe Wunde, nur ein Kratzer, doch er reichte aus, um den Riesen gefügig zu machen.

»Er ist fort. Geflohen.«

»Geflohen!«, entfuhr es mir und beinahe hätte ich vor Erleichterung das Schwert sinken lassen. Ich räusperte mich verlegen und fragte mit neuer Entschlossenheit: »Sagst du auch die Wahrheit, Hund?«

Angelina verdrehte die Augen, aber ich tat, als hätte ich es nicht bemerkt. Gönnte sie mir denn gar keinen Triumph?

Der Nordmann starrte mich weiterhin an. »Ihr sucht am falschen Ort nach ihm. Hier werdet ihr den dürren Kerl nicht finden.«

»Du solltest mehr Respekt vor meinem Meister zeigen«, warnte ich ihn.

»Dein *Meister*«, sagte er abfällig, »hat einen hilflosen Kranken in seinem Bett erdrosselt. Wie viel Respekt verdient ein Mann für eine solche Tat?« Trotz der Schwertspitze unter seinem Kinn wandte er den Kopf und spuckte aus, direkt vor Angelinas Stiefel.

Einen Kranken erdrosselt? Faustus? Er musste einen wahrhaft guten Grund gehabt haben. Meine Gedanken überschlugen sich: Wenn der Meister tatsächlich geflohen war, mussten wir so schnell wie möglich verschwinden. Aber wie konnten wir sicher sein? Der Kerl mochte uns belügen – wie ich selbst es zweifellos an seiner statt getan hätte – ja, Faustus mochte immer noch hier sein, in Ketten gelegt, dem Tode nah. Wir konnten jetzt nicht einfach davonlaufen, nur aufgrund der schalen Hoffnung, dass unser Feind die Wahrheit sagte.

Aus dem Augenwinkel bemerkte ich eine Bewegung, hinter uns, in der Mitte des Hofes.

Zwischen den Toten stand eine Gestalt. Klein wie ein Kind und doch mit dem Gesicht eines Erwachsenen. Verschoben, mit viel zu großem Kopf und verwachsenen Fingern. Ich erkannte ihn sofort.

Asendorfs Bibelzwerg blickte uns hasserfüllt an. Langsam hob er die rechte Hand und richtete seinen viel zu kleinen Zeigefinger auf uns, eine stumme Geste der Anklage.

Der Nordmann begann leise zu lachen.

Oben auf der Balustrade klirrte Stahl auf Stahl, als Bewaffnete durch eine Tür strömten und sich hinter dem Geländer verteilten. Auch durch die beiden Eingänge zum Innenhof kamen Männer mit gezückten Klingen, langsam, so als warteten sie noch auf den Befehl zum Angriff.

Unser Gefangener fand neuen Mut. Er wollte Angelina am Arm packen und ihr die Wunde in seiner Brust heimzahlen, doch meine Gefährtin war schneller. Ungeachtet der Übermacht an Gegnern rammte sie ihr Schwert in seine Brust. Sterbend sank der Mann zu Boden, doch Angelina sah schon gar nicht mehr hin. Sie hatte ihn mit solcher Beiläufigkeit getötet, dass sich selbst auf den Gesichtern der Männer im Hof eine Spur von Schrecken und Respekt abzeichnete.

»Wir haben Gäste«, ertönte da eine Stimme von oben. Als ich den Blick hinauf zum Geländer wandte, sah ich, dass noch jemand die Balustrade betreten hatte, unbewaffnet, gekleidet nur in ein weißes Lendentuch. Der Borgia gefiel sich selbst viel zu sehr in seinem neuen Körper, als dass er seinen jungenhaften Leib unter Stoffen verborgen hätte. Bereits zu seiner Amtszeit war seine Vorliebe für unbefleckte Knaben legendär gewesen, und nun gab er dem Wort *selbstverliebt* eine gänzlich neue Größe. Gewiss waren seine Gemächer reich an Spiegeln.

Sein Blick kreuzte den Angelinas. »Schwester«, begrüßte er sie leise und mit schalkhaftem Lächeln. Zugleich deutete er eine höhnische Verbeugung an.

Angelina war in einer leicht vorgebeugten Angriffshaltung erstarrt. Doch nun hob sie langsam ihr Schwert und wies mit der ausgestreckten Spitze auf den Borgia.

Er schüttelte unmerklich den Kopf. »Ein Duell? Den Gefallen muss ich dir ausschlagen.« Abrupt schien er das Interesse an uns zu verlieren, denn er wandte sich wieder zur Tür der Ballustrade.

Zwei Dutzend Krieger rückten näher.

Bevor der Borgia hinter seinen Männern verschwand, hörte ich seinen Befehl: »Foltert das Mädchen. Und lasst den Jungen zusehen.«

Der Wachtrupp am Portal des Papstpalastes war verstärkt worden. Faustus trat gemessenen Schritts auf die Männer zu. Er verlangte den Obersten zu sprechen und stellte sich vor.

»Ich bin Doktor Johannes Faustus«, sagte er und verzichtete auf seine Titel und Fertigkeiten. »Ich bitte um meine Gefangennahme.«

Wenig später war er inmitten eines Pulks aus Bewaffneten unterwegs in eine der Verhörkammern des Palastes. Hätte man ihn gleich in die Kerker der Engelsburg gebracht, wäre alles umsonst gewesen. Er hatte versucht, geistigen Einfluss auf den Obersten der Wachmänner zu nehmen, war aber nicht sicher, ob dessen Anordnung tatsächlich auf Magie zurückzuführen war. Faustus war nie allzu erfolgreich mit derartigen Beeinflussungen gewesen, und so mochte die Entscheidung des Gardisten andere Gründe haben. Ein Befehl von oben etwa. Das war mehr, als Faustus sich erhofft hatte.

Die Kammer, in die man ihn brachte, lag in den Kellern des Palastes. Ihre Tür war aus altem, schwarz gewordenem Eichenholz, mit einem winzigen Gitter auf Augenhöhe. Der Boden war mit schmutzigem Stroh bedeckt. Der Gang, draußen vor der Tür, war niedrig und dunkel, das Reich zweier Kerkermeister, die hier mit tumben Gesichtern und müden Bewegungen regierten. Aus den benachbarten Zellen ertönte dann und wann eine Stimme, dann herrschte wieder Stille. Faustus' Handgelenke wurden in Eisenringe gesteckt, die mit Ketten an der Wand befestigt waren. Man behandelte ihn besser, als er erwartet hatte. Womöglich hatte man Respekt vor den Gerüchten, die den meisten zu Ohren gekommen sein mussten. Respekt vor seiner vermeintlichen Teufelsmacht.

Die Ketten waren lang und ließen ihm die Freiheit, einige Schritte in der Kammer auf und ab zu gehen. Es handelte sich nicht um eine herkömmliche Zelle, denn außerhalb seiner Reichweite stand an der gegenüberliegenden Wand ein samtbezogener Stuhl, rechts und links davon zwei weitere ohne Sitzpolster – Plätze für die Männer, die ihn verhören würden.

Eine ganze Weile lang ließ man ihn allein, und er begann ungeduldig zu werden, ehe ihm klar wurde, dass sie genau das von ihm erwarteten. Sie wollten ihn zermürben, seine Ausdauer auf die Probe stellen. Daraufhin wurde er ruhiger, setzte sich auf den Boden und wartete.

Seine Taktik zeigte Erfolg. Es dauerte nicht lange, da wurde die Tür von einem der Kerkermeister geöffnet, und ein Mann in langer Robe trat ein. Das Haar um seine Tonsur war schwarz, seine Gesichtszüge erstaunlich jung für das Amt, das er bekleidete. Er hatte eine spitze, auffallend lange Nase, und seine Brauen waren dunkel und buschig.

Ihm folgten zwei weitere Männer, einer ein Schreiber, der andere ein Beisitzer, dessen Rang Faustus nicht einschätzen konnte. Aber wichtig war ohnehin nur der Mann in der Robe eines Kardinals. Man billigte dem neuen Gefangenen einige Bedeutung zu.

»Kardinal Luigi de Rossi«, stellte der Schreiber Faustus' Besucher vor.

Der Doktor verbeugte sich ehrerbietig, wie es von ihm erwartet wurde. Er wusste, dass de Rossi einer von Leos engsten Vertrauten war, und er hoffte inständig, dass nicht auch er zu der Verschwörung des wiedergeborenen Borgia gehörte. Er würde vorsichtig sein müssen.

Der Kardinal und seine Begleiter nahmen Platz. Hinzu kamen zwei Armbrustschützen, die an der Innenseite der Tür Stellung bezogen. Ihre Waffen waren gespannt, die beiden Bolzen wiesen auf Faustus. Offenbar wollte man Vorsorge treffen, sollte der Doktor eine magische List versuchen.

Doch Faustus plante nichts dergleichen. Er wollte nur reden, in der Hoffnung, dass ihm dies den Weg zum Heiligen Vater öffnen würde.

De Rossi begann mit allerlei Fragen über die Umstände, die Faustus nach Rom gebracht hatten. Der Doktor antwortete ausführlich, wenn auch fern der Wahrheit. Daraufhin folgten Erkundigungen über seine Vergangenheit, Einzelheiten, die der Kirche zu Ohren gekommen waren und die doch unzusammenhängend und willkürlich waren. Faustus erkannte schnell, dass hier nur geprüft werden sollte, ob er tatsächlich derjenige war, für den er sich ausgab. Andererseits spürte er, dass de Rossi wenig Zweifel daran hatte. Vielmehr schien dem Kardinal mehr als unwohl in seiner Rolle zu sein. Selbst ein Mann wie er traf nicht jeden Tag auf jemanden, von dem erzählt wurde, er habe einen Pakt mit dem Leibhaftigen geschlossen. Mut war keine der Eigenschaften, die einen Geistlichen zum hohen Würdenträger qualifizierten. De Rossi bildete keine Ausnahme.

Die Befragung endete schneller, als Faustus erwartet hatte, und bald verkündete ihm de Rossi, dass Seine Heiligkeit selbst ihn zu sprechen wünsche. Man werde Faustus für diese Begegnung in Ketten legen, sagte er, mit einem Rosenkranz umwickeln und mit

Weihwasser besprenkeln. Der Doktor erklärte sich mit all dem höflichst einverstanden, ganz so, als hätte man ihm eine Wahl gelassen.

Es war noch immer früh am Morgen, als man ihn derart ausstaffiert wie einen gefangenen Dämon aus den Kerkern hinauf in die edleren Gemächer des Papstpalastes führte. Seine Beine waren frei, doch die Arme hatte man ihm schmerzhaft auf den Rücken gekettet. Seine Kleidung war feucht vom vielen Weihwasser, mit dem man ihn großzügig bespritzt hatte, und eine der Schlingen des Rosenkranzes lag fest um seinen Hals. Zudem gingen vor ihm zwei Jungen und schwenkten Räucherbecken mit Weihrauch. Er hatte den Geruch schon früher nicht ertragen können, und heute bereitete er ihm besondere Übelkeit.

Ihm war schlecht, er bekam kaum Luft, und die Ketten schnitten schmerzhaft in sein Fleisch – und doch hätte Faustus nicht zufriedener sein können. Der erste Teil seines Plans war gelungen.

Ein achtköpfiger Gardistentrupp begleitete ihn, darunter die beiden Armbrustschützen, die hinter ihm gingen. Er hoffte inständig, dass keiner von beiden stolperte.

Man führte ihn in einen der kleineren Audienzsäle des Papstes. Wände und Decken waren mit frommen Malereien geschmückt. Der Thron am anderen Ende der Halle drohte in einer Flut von Kissen zu versinken. Weitere Bewaffnete warteten bereits, und allmählich begann Faustus sich ob all dieses Aufwands geschmeichelt zu fühlen. Es war tatsächlich, als führe man Leo den Teufel selbst vor, nicht einen seiner angeblichen Diener.

De Rossi hatte ihn nach dem Verhör verlassen, doch nun begegneten sie einander erneut, als der Kardinal durch eine Seitentür hereinkam, vor einen Platz neben dem Thron trat und den Heiligen Vater persönlich ankündigte.

Leo X. war ein schwerer Mann mit mächtigem Doppelkinn und weichen, weibischen Zügen. Nicht anders hatte Faustus ihn sich vorgestellt. Lediglich seine feinen Finger überraschten ihn, schmalgliedrig und lang wie die eines Spielmanns. Er trug prachtvolle Gewänder und eine samtene Kopfbedeckung. Ringe unter seinen Augen verrieten, dass er wenig geschlafen hatte – der Tribut an die nächtelangen Gelage im Kreise seiner Vertrauten.

Obwohl kein echter Anlass zu dieser Befürchtung bestanden hatte, war Faustus doch erleichtert, als er sah, dass Pamphili nicht unter dem Gefolge des Papstes war. Tatsächlich betraten gemeinsam mit Leo nur zwei Küchenjungen den Saal. Der eine trug eine bauchige Weinflasche und einen Becher, der andere eine silberne Platte mit Obst.

Der Heilige Vater nahm Platz. Auch Kardinal de Rossi setzte sich. Der Junge mit dem Obst zwängte sich zwischen die beiden, der mit dem Wein bezog Stellung auf der anderen Seite des Throns.

Leo nahm einen Schluck aus dem Becher, leckte sich mit der Zungenspitze über die Lippen und beugte sich dann ein wenig vor, um einen besseren Blick auf seinen Gefangenen werfen zu können. Faustus stand etwa fünf Schritte vor ihm, flankiert von den Gardisten und Armbrustschützen. Bei aller Selbstsicherheit, die Leo auszustrahlen suchte, erkannte Faustus doch, dass die Hände des Papstes zitterten.

»Ihr seid Doktor Johannes Faustus?«

»Der bin ich.«

Der Papst nickte langsam, so als habe ihn bei den Worten eine seltsame Benommenheit ergriffen. Vielleicht hatte er gehofft, es mit einem Betrüger zu tun zu haben.

Er war kein Mann großer Entschlussfreudigkeit, und der Umgang mit einem Ketzer wie Faustus durfte nicht leichtfertig erfolgen. Ihn auf die Schnelle hinzurichten, mochte ein Fehler sein. Es war durchaus angebracht, für den Tod eines so bekannten Teufelsanhängers einen besonderen Rahmen zu finden.

»Bevor ich Euch der hochnotpeinlichen Befragung unterziehen lasse, habt die Güte, mir zu verraten, was Euch bewogen hat, aus freien Stücken Eure Verbrechen zu gestehen.«

Faustus lächelte. »Davon kann keine Rede sein. Ein Geständnis – wenn es denn überhaupt etwas zu gestehen gäbe – ist nicht in meinem Sinn, Eure Eminenz.«

Ein Raunen ging durch die Reihe der Umstehenden.

»Warum seid Ihr dann hergekommen?«

»Ich will Euch einen Handel vorschlagen.«

Das Geflüster wurde lauter, bis Kardinal de Rossi es mit einer ungeduldigen Handbewegung ersterben ließ. »Ihr seid unverschämt, Doktor Faustus«, donnerte er. Offenbar hatte er seit ihrer Begegnung in der Verhörkammer neuen Mut gefunden. Er wollte noch etwas hinzufügen, doch der Papst brachte ihn mit einer knappen Geste zum Schweigen.

»Was für ein Handel soll das sein?«

»Es geht um die Engel in Euren Katakomben. Und um die Wiedergeburt des Borgia.« Mit großer Befriedigung nahm Faustus die plötzliche Blässe in den Gesichtern des Papstes und seines Kardinals wahr. »Gewiss, ich weiß davon. Aber seid Ihr sicher, dass auch all die anderen hier im Saal davon erfahren sollen?«

Faustus hatte gehofft, dass die Halle schnell geräumt werden würde – doch dass es so eilig vonstatten gehen würde, erstaunte ihn. Zuletzt blieben nur er selbst, Papst Leo, Kardinal de Rossi und die beiden Armbrustschützen übrig, denen man zuvor die Ohren mit flüssigem Wachs versiegelt hatte. Beide Männer ertrugen die würdelose Prozedur stillschweigend und ohne ersichtlichen Widerwillen.

»Alexander Borgia ist wieder geboren«, sagte Faustus, nachdem die Türen des Saales verschlossen waren. »Ich denke, dass Ihr davon wisst – oder es zumindest befürchtet.«

Kardinal de Rossi wollte auffahren, aber wieder schnitt der Heilige Vater ihm mit einem Wink das Wort ab.

Der Papst sah Faustus durchdringend an und nickte, ganz kurz nur, eine Bewegung, die man leicht hätte übersehen können. Doch Faustus nahm sie überdeutlich wahr, und seine Gedanken erglühten schier vor Triumph. Der Fisch hing an der Angel.

Er fuhr fort, berichtete alles, was er über den Zug der Erleuchteten wusste, über die Ausbildung der Engel und über die Pläne des Borgia mit jenen drei Kindern, denen er eine besondere Behandlung zugedacht hatte. Faustus war nicht sicher, wie viel davon der Papst bereits wusste; es musste jedoch eine Menge sein, denn niemals fiel er ihm ins Wort oder brachte auf eine andere Weise Zweifel zum Ausdruck. Gelegentlich legte er die Stirn in Falten, verlagerte sein Gewicht auf dem Thron oder tupfte sich mit dem Ärmel seines kostbaren Gewandes Schweiß von der Stirn – vor allem, als Faustus an jene Stelle seines Berichts kam, in dem von der Wiedergeburt Alexanders im Körper des kleinen Jungen die Rede war.

»Der Junge ist noch am Leben«, sagte er schließlich, »und in ihm lebt der Borgia.«

»Hirngespinste!«, rief de Rossi, erntete dafür jedoch einen unwilligen Blick des Papstes.

»Ich habe mit ihm gesprochen«, fuhr Faustus unbeeindruckt fort. »Erst vor wenigen Stunden.«

»Wo hat dieses Gespräch stattgefunden?«, wollte Leo wissen.

Faustus gestattete sich ein neuerliches Lächeln. »Dies ist die Stelle, an der unser Handel ins Spiel kommt.«

»Noch sprechen wir nicht von einem Handel«, sagte der Papst. »Noch geht es um ein Wissen, das Ihr besitzt. Und ich besitze die Mittel, es Euch zu entreißen.«

»Ihr enttäuscht mich. Ich hoffe doch sehr, Ihr haltet mich nicht für einen dahergelaufenen Ketzer, den Ihr mit der Androhung der Folter gefügig machen könnt.«

»Vielleicht nicht mit der bloßen Androhung«, warf de Rossi warnend ein.

Faustus sah nur den Papst an. »Einige Eurer engsten Berater teilen mein Wissen, Eure Eminenz. Ich bin nicht sicher, auf welcher Seite Kardinal de Rossi steht.«

Der Kardinal fuhr von seinem Platz auf. »Das ist infam!«

»Setzt Euch«, bestimmte der Heilige Vater sanft. »Und Ihr, Faustus, nehmt Abstand von Euren haltlosen Anschuldigungen. Kardinal de Rossi ist ein enger Vertrauter des heiligen Stuhls.«

»Daran will ich nicht zweifeln«, entgegnete Faustus diplomatisch. »Doch das tut jetzt nichts zur Sache. Ihr wollt wissen, wo sich der Borgia versteckt, und ich kann es Euch sagen.«

»Was verlangt Ihr dafür?«

»Das Versprechen, dass Ihr sein Rattennest aushebt und ihn zur Verantwortung zieht.«

Der Papst hob eine Augenbraue. »Das ist alles?«

»Freien Abzug für mich und meine beiden Getreuen.«

»Die Kirche kann keinen Ketzer mit Euren Verfehlungen laufen lassen.«

»Ihr seid die Kirche, Eure Eminenz. Männer wie Kardinal de Rossi haben Euch dazu bestimmt. Ihr könntet eine solche Entscheidung treffen.«

»Ich könnte mich scheinbar auf Euren Handel einlassen, den Borgia zerquetschen und Euch im Nachhinein dennoch festnehmen lassen. Wie wollt Ihr das ausschließen?«

»Durch zwei Dinge. Das erste ist Euer heiliges Ehrenwort« – *das so gut wie nicht wert ist,* setzte Faustus in Gedanken hinzu, »und das zweite ist die Tatsache, dass ich am Sturm auf das Versteck Eures Feindes teilnehmen werde. Ich will mit Euch kämpfen, Eure Eminenz, ja, sogar *für* Euch. Ich gedenke nicht, im Kerker Eures Palastes auszuharren und abzuwarten. Lasst mich dabei sein.« Merklich kühler fügte er hinzu: »Und lasst mich den Borgia fallen sehen.«

»Warum hasst Ihr ihn so sehr?«

»Und Ihr?«

»Seine schiere Existenz hat den Heiligen Stuhl auf lange Zeit befleckt«, erwiderte der Papst, und Faustus hatte den Eindruck, dass es ihm sehr ernst mit diesen Worten war. »Er hat dieses Amt in Verruf gebracht, er hat unseren Glauben mit Füßen getreten – schlimmer als jeder gemeine Ketzer es könnte. Und wenn es wahr ist, was Ihr behauptet, Doktor Faustus, dann tut er es noch heute. Er hat das Herz der Kirche mit seinem Giftstachel berührt und auf lange Zeit verpestet. Aber ich werde ihm diesen Stachel ziehen.«

Und vielleicht dafür in die Geschichte eingehen, setzte Faustus in Gedanken hinzu. Ein Mann wie

Leo X. tat nichts allein für den Glauben oder den Heiligen Stuhl. Aber ein Sieg über den Borgia, die Ausrottung seiner teuflischen Saat, war ein Triumph, den man lästigen Schuldeneintreibern entgegenhalten konnte. Wie sollte sich der Papst um etwas so Nebensächliches wie seine Schatzkammern kümmern, wenn er doch im Geheimen längst den großen Schlag gegen den Feind aller Christen vorbereitete?

Und Kardinal de Rossi? Was ihn anging, so war Faustus noch immer nicht sicher. Vermutlich würde er nie erfahren, ob der Kardinal mit den Verschwörern unter einer Decke steckte. Doch solange der Papst selbst alle nötigen Anweisungen gab, konnte auch de Rossi ihnen nicht widersprechen.

»Ein Handel«, murmelte der Heilige Vater nachdenklich. »Nun, wenn es das ist, weswegen Ihr gekommen seid, so ist nun wohl die Zeit gekommen zu feilschen.«

Faustus blickte ihn schweigend an, während er darauf wartete, dass der Papst in seiner Rede fortfuhr.

»Ihr sollt Rom ungestraft verlassen, Faustus, so viel will ich Euch zusichern. Aber ich gedenke, dieser Engelspest ein für alle Mal ein Ende zu setzen, und zwar mit Stumpf und Stiel. Deshalb sollt Ihr gehen und Ihr sollt Euren Schüler mitnehmen. Doch das Mädchen, das Euch begleitet, diese abtrünnige Erleuchtete ... sie werdet Ihr mir ausliefern. Sie ist des Todes wie all die andere Brut, die die Regentschaft des Borgia hervorgebracht hat.«

»Ihr wollt Angelina?«

»Wenn Ihr sie denn so nennt«, sagte der Papst. Der Kardinal neben ihm lächelte verhalten.

Faustus nickte. »Einverstanden«, sagte er dann.

Die Männer folterten Angelina.

Sie hatten ihr die Ledermaske heruntergerissen. Während sie über die Narbenwüste ihres Gesichts lästerten und lachten, ketteten sie sie auf eine Streckbank, fetzten ihr die Kleider vom Leib und machten sich zu zweit daran, das große Rad am Fußende der Bank zu drehen. Angelinas Körper dehnte sich.

Ich tobte, schrie in den Knebel, den sie mir in den Mund gestopft hatten, und warf mich wie ein Wahnsinniger in meine Fesseln. Alles vergeblich. Ich hätte die Augen schließen können, doch eine Stimme in meinem Inneren ermahnte mich, dass ich es mir damit zu einfach gemacht hätte. Ich war es Angelina schuldig, auf jede erdenkliche Weise an ihren Qualen teilzuhaben. Und wenn es nur die Tatsache war, dass ich mich nicht von ihr abwandte, dass ich bei ihr war, egal, wie unser gemeinsamer Weg zu Ende ging.

Warum? schrie es immer wieder in meinen Gedanken. *Warum sie?*

Ich wusste, dass es keine Antwort darauf gab. Keine Begründung. Der Borgia hatte die Entscheidung aus einer Laune heraus getroffen. Vielleicht auch, weil es ihm Freude bereitete, eines seiner eigenen Geschöpfe zu demütigen. Wahrscheinlich aber war selbst das bereits zu viel in seinen Urteilsspruch hineingedeutet. Seine Gleichgültigkeit war vollkommen, er sah der Folterung nicht einmal zu. Mit uns in der Kammer waren nur die beiden Folterknechte und sechs Bewaffnete, die uns hierher eskortiert hatten, nachdem man uns entwaffnet hatte.

Der Kampf im Innenhof war kurz und aussichtslos gewesen. Angelina hatte drei weitere Männer des Borgia niedergestreckt, ehe sie die schiere Masse der anrückenden Kämpfer überwältigte. Ich selbst tötete einen und schlug einem anderen die Hand ab. Dann war auch ich ein Gefangener.

Angelinas Körper war jetzt bis zum Zerreißen gespannt. Ihr weißer Mädchenleib schien noch schlanker zu sein als sonst, überdeutlich stachen ihre Rippen hervor. Sie hatte von den Kämpfen der vergangenen Stunden mehrere Schnittwunden zurückbehalten, zwei am linken Oberarm, eine über der Hüfte, zwei weitere an den Oberschenkeln. Ihr Blutfluss war längst versiegt, doch jetzt näherte sich ihr einer der Folterknechte mit einer kurzen, spitzen Klinge. Hilflos musste ich mitansehen, wie er einen blutigen Kreis um ihren Bauchnabel zog, nicht tief, vielleicht nur ein kranker Spaß, den er sich mit seiner Gefangenen erlaubte.

Angelina versuchte nicht zu schreien. Sie öffnete nicht einmal den Mund, presste nur fest die Lippen aufeinander, während ihre Augen immer wieder die meinen suchten, ihr Blick sich an meinem festzuklammern schien. Ihre Lehrmeister hatten ihr nicht *jegliches* Furchtgefühl austreiben können.

Ich betete, inständiger als jemals zuvor. Und das, obwohl ich dem Herrn längst abgeschworen hatte.

Der zweite Folterknecht legte eine lange Kneifzange mit hölzernen Griffen in die Glut eines Kohlebeckens. Mit einer spitzen, fingerdicken Stange stocherte er schwitzend in der heißen Kohle.

Der andere Mann setzte die Klinge zwischen Angelinas Brüsten an, führte einen Schnitt am Brustbein herab bis zu dem Kreis, den er um ihren Bauchnabel gezogen hatte. Allmählich begriff ich, was er tat. Er markierte sie, zeichnete jene Stellen vor, an der ein größeres Messer und die Knochensäge angesetzt werden sollte, später, wenn sie mit den delikateren Torturen fertig waren.

Ich brüllte ohne Unterlass, doch nicht mehr als ein dumpfes Dröhnen drang durch meinen Knebel. Der Stoff wurde immer feuchter und fester zwischen meinen Zähnen. Die Eisenringe an meinen Handgelenken schnitten tief in die Haut. Ich war rasend vor Zorn und Panik. Hitzewellen setzten meinen Körper in Flammen. Die Folterkammer begann, sich um mich zu drehen, ein dunkler Kreisel aus rußgeschwärztem Stein, glühenden Kohlen und scharfem, spitzem Stahl.

Schwielige Pranken griffen nach der Kneifzange.

Ihre Eisenkiefer schimmerten rötlich, öffneten sich, wollten zubeißen. Langsam näherten sie sich Angelinas Brüsten. Oben im Palazzo ertönte eine Glocke.

Als die Alarmglocke im Inneren des Borgiapalastes geläutet wurde, war der erste Teil des Kampfes bereits geschlagen, ein erster Sieg errungen.

Die Gardisten des Vatikans hatten mit einem Rammbock das Portal des Palazzo eingedrückt. Der rechte Flügel hing schief in den Angeln, der linke war gänzlich herausgebrochen. Drei Dutzend Männer stürmten darüber hinweg, wurden drinnen von den Soldaten des Borgia empfangen.

Zugleich hatte ein zweiter Trupp die Patrouillen an der Rückseite des Gebäudes niedergemacht und war durch das hintere Tor eingedrungen. Faustus kämpfte in vorderster Reihe. Im Wirbel der Schwerter, den Schleiern aus Blut und den Schreien der Gefallenen zählte es kaum, dass er kein Gardist war, sondern nur ein Gelehrter, der sich vortrefflich auf den Umgang mit der Klinge verstand. Auf dem Weg hierher hatte ihn manch misstrauischer Blick getroffen, viele unverhohlen feindselig, doch jetzt zählte nur, wie ein jeder für die Sache kämpfte. Und Faustus kämpfte voller Hingabe, focht ein Duell nach dem anderen und kam Gardisten zur Hilfe, die in Bedrängnis gerieten. Ihre Schwerter fuhren wie Sensen durch die Reihen der Verteidiger, und für jeden gefallenen vatikanischen Kämpfer ließen zwei Borgiakrieger ihr Leben.

Der Papst hatte eine Hundertschaft mobilisiert, immerhin ein Drittel der gesamten Garde, um die Attacke auf das Nest des Borgia zu führen. Zumindest ein Versprechen hatte er damit gehalten: Er beabsichtigte tatsächlich, seine Gegner mit Stumpf und Stiel auszurotten.

Schon während seiner Zeit an der Hohen Schule hatte Faustus gelernt, mit dem Schwert umzugehen, doch den wahren Feinschliff hatten seine Künste erst erhalten, als er in die Kampfstile des Orients eingeweiht wurde. Die Soldaten des Borgia, Söldner, die über mehr Kraft als Geschick verfügten, hatten seinen exotischen Finten und Attacken kaum etwas entgegenzusetzen. Die meisten waren tumbe Kerle, die es meisterhaft verstanden, einen Zweihänder oder das Beil zu schwingen, doch die Feinheiten der Fechtkunst waren ihnen fremd. Mühelos drang Faustus' schmale Klinge zwischen ihren Abwehrhieben hindurch, durchbohrte Lederharnische, hieb durch wollene Wämser und fand ihren Weg an Halskrausen vorbei in Kehlen und Schlagadern. Bald hielten die ersten Gegner Abstand zu ihm, wandten sich lieber den päpstlichen Gardisten zu. Doch auch sie waren den Anhängern des Borgia überlegen. Was die Kampfkraft der einzelnen Männer anging, so war es ein ungleicher Kampf. Allerdings hatten die Borgiakrieger den Vorteil, dass ihnen das Terrain – die Hallen und verwinkelten Gänge des Palastes – vertraut war. Sie nutzten Ecken und verborgene Türen hinter Wandteppichen für Hinterhalte, brachen urplötzlich über einzelne Trupps der Angreifer herein und machten sie von hinten nieder. Faustus erlebte eine solche Attacke mit, und nur durch Glück gelang es ihm und zwei weiteren Gardisten, mit dem Leben davonzukommen. Fünf ihrer Gefährten fielen im Handgemenge, und erst als sich der Kampf länger hinzog, gewannen der Doktor und seine beiden Mitstreiter die Oberhand.

Schließlich gellte der Triumphruf der Päpstlichen durch die Flure: »Die beiden unteren Stockwerke sind unser. Der Rest von ihnen hat sich nach oben zurückgezogen.«

»Hat jemand den Borgia gesehen?«, fragte Faustus.

»Nein«, bekam er zur Antwort. »Er hat sich in seinen Gemächern verkrochen.«

Faustus und seine beiden Gefährten, die gerade erst gemeinsam den blutigen Hinterhalt überstanden hatten, sahen einander an und nickten.

»Ihr seid ein guter Kämpfer, Doktor Faustus«, sagte einer der beiden anerkennend, als sie sich der nächstbesten Treppe nach oben zuwandten. »Mancher von uns könnte von Euch lernen.«

Faustus schüttelte den Kopf. »Noch ehe der Tag sich dem Ende zuneigt, werde ich Euer Feind sein, nicht Euer Lehrmeister. Ihr werdet mich jagen und töten wollen.«

»Niemals«, sagte der zweite Mann im Brustton der Überzeugung.

Doch Faustus wandte nur den Blick ab und lächelte bitter.

Beim Klang der Glocke waren die sechs Bewaffneten aus der Folterkammer gestürzt und hatten Angelina und mich der Obhut der beiden Folterknechte überlassen. Der eine Mann hatte die Kneifzange einen Moment lang sinken lassen, als das Alarmläuten durch den Palazzo hallte, doch nun, da die Soldaten fort waren, hob er die Zange wieder und öffnete ihre stählernen Kiefer.

Angelinas Augen achteten nicht auf den Folterknecht, nicht einmal auf die Zange. Sie blickte nur mich an, der ich in meinen Fesseln tobte, sah mich an, als wäre ich ihre letzte Hoffnung.

Die Zange näherte sich ihrer linken Brustwarze.

Ruhig! durchfuhr es mich. *Reiß dich zusammen! Die Leute schimpfen dich nicht umsonst einen Zauberlehrling!*

Meine Bewegungen erschlafften. Mit ungeheurer Willensanstrengung konzentrierte ich mich ganz auf den Hinterkopf des Mannes mit der Zange. Es war nicht leicht, ich musste dazu meine Furcht um Angelina aus meinen Gedanken verdrängen. Es gelang mir nicht gänzlich, und doch entsann ich mich all der Dinge, die der Meister mir beigebracht hatte auf unseren endlosen Ritten durch die einsamen Täler der Alpen. Er hatte mich die Grundzüge der geistigen Beeinflussung gelehrt, und obgleich er selbst sie nur unzulänglich beherrschte, hatte er doch ein gewisses Talent dafür in mir erkannt. Um ehrlich zu sein, ich hatte nie viel darauf gegeben. Ein-, zweimal hatte ich es versucht, um einer Schankmaid in irgendeinem Landgasthof näher zu kommen – der einzige sinnvolle Zweck, den ich zu Beginn meiner Lehrzeit in derartigen Kräften sah –, doch es war mir niemals völlig gelungen. Und als meine Gefühle für Angelina stärker wurden, verlor ich gänzlich den Spaß an derlei flüchtigen Vergnügungen.

Jetzt aber versuchte ich es erneut. Die Todesangst um meine Gefährtin gab mir die Kraft, die mir früher gefehlt hatte. Ich spürte, wie meine Gedanken in den Kopf des Folterknechts eindrangen. Der Mann erstarrte mitten in der Bewegung, kurz bevor er die offenen Zangenkiefer um Angelinas Brustwarze schließen konnte. Der zweite Mann bemerkte es und fragte etwas auf Italienisch, das ich nicht verstand. Als sein Kumpan keine Antwort gab, trat er auf ihn zu und berührte ihn am Arm. Meine Gedanken formten eine Schwertklinge, schlank und geschliffen scharf, und ich stieß sie mit aller Macht vorwärts, geradewegs ins Hirn des Mannes. Er riss die Zange in einer blitzschnellen Bewegung zurück, öffnete sie zugleich so weit es ging, dann wirbelte er herum, rammte sie in die Richtung des zweiten Mannes – und schloss die Zange um seinen Kehlkopf!

Der Drang, mich abzuwenden, war übermächtig, doch damit hätte ich die Beeinflussung abgebrochen. Zudem war ich viel zu gefangen in den grausamen Gedanken des Mannes, als dass ich mich jetzt hätte zurückziehen können.

Ein grauenvolles Knirschen ertönte, wie von einer unreifen, zertretenen Frucht, dann hallten die Schreie des zweiten Folterknechts von den Kerkerwänden wider. Es dauerte nicht lange, da gingen sie in ein Röcheln über, gefolgt von einem Poltern, als der blutüberströmte Mann zu Boden taumelte. Er schlug noch lange um sich und trat mit den Füßen ins Leere. Dann, endlich, lag er still.

Ich befahl dem Mann mit der Zange, Angelinas Fesseln zu lösen. Beinahe hätte ich einen Fehler begangen. Im letzten Moment besann ich mich und gab ihm die Order, erst das Rad der Streckbank zurückzudrehen. Hätte er gleich eine von Angelinas Armfesseln durchtrennt – zum Zerreißen gespannt wie ihr Körper war –, hätte es den verbliebenen Arm aus der Gelenkpfanne gerissen. So aber verlief alles glimpflich, und bald war sie frei.

Ich spürte, dass meine Macht sich allmählich erschöpfte, doch eine Fortführung der Beeinflussung war nicht mehr nötig.

Angelina zog ein Bein an und trat dem Mann mit aller Kraft ins Gesicht. Der Tritt ließ seinen Kiefer splittern. Schreiend sank er auf die Knie. Angelina entwand ihm die Zange und hieb sie beidhändig auf seinen Schädel, so fest, da der Knochen barst. Dann kam sie taumelnd auf die Beine, immer noch nackt und von ihrem eigenen Blut besudelt, stieg über den wimmernden Folterknecht und schleppte sich zu mir herüber. Es dauerte nicht lange, da war auch ich frei und spuckte den Knebel weit von mir. Ich nahm Angelina in die Arme, drückte sie an mich und murmelte Worte der Erleichterung, während Tränen über meine Wangen flossen und auf ihre weiße Schulter fielen.

Wir fanden ihre Kleidung auf einem Haufen neben der Streckbank und wuschen ihr das Blut vom Körper. Angelina reckte und dehnte sich, um zu prüfen, ob all ihre Gelenke und Muskeln unbeschadet waren. Schließlich richtete sie sich auf und nickte knapp. Ich bestand darauf, mich zu vergewissern, dass ihre Schnittwunden nur Kratzer waren; Angelina selbst schien sie kaum mehr zu spüren, so brennend war ihr Hass auf ihre Peiniger. Ich sah, wie sie dem sterbenden Mann am Boden einen weiteren Tritt verpasste, der ihn endgültig verstummen ließ. Dann schlüpfte sie in Beinkleid und Wams. Zuletzt zog sie sich die Ledermaske über, die unweit des Kohlenbeckens am Boden lag.

»Wir brauchen Waffen!« Ich blickte mich suchend in der Folterkammer um.

Als hätten meine Worte unsichtbare Wälle herabgerissen, drang mit einem Mal das Klirren von Schwertern an unsere Ohren, oben im Palazzo, vermischt mit den Rufen und Schreien kämpfender Männer. Stahl schlug auf Stahl. Stahl biss in Fleisch. Die Laute einer Schlacht.

Es blieb keine Zeit, überrascht zu sein. *Faustus*, dachte ich nur und verspürte einen Anflug heißen Triumphs. Der Meister war gekommen. Er war hier, um uns beizustehen.

Wir fanden einen Strauß schartiger Schwerter in einem Holzfass und wählten zwei davon aus. Dann machten wir uns auf den Weg nach oben.

Die letzten Verteidiger fielen vor einem doppelflügeligen Portal im oberen Stockwerk des Palazzo. Die Schwerter der Gardisten wüteten unter ihnen und ließen keinen von ihnen am Leben. Zuletzt blickten Faustus und seine Mitstreiter über einen Berg von Leichen, Männer aus aller Herren Länder, die ihre Schwerthand und Seele dem Borgia verschrieben hatten.

Faustus wollte vorangehen, doch einer der Obersten der Garde kam ihm zuvor. Die beiden hatten nicht Seite an Seite gekämpft, und die Miene des Mannes war immer noch voller Geringschätzung für den mysteriösen Verbündeten. Faustus ließ ihm mit einem Schulterzucken den Vortritt, als das Portal unverhofft aufschwang, und ihnen eine Flut von Licht entgegenfiel.

Das Dach des Palazzo war an dieser Stelle aus Glas, und Sonnenlicht ergoss sich in die privaten Gemächer des Borgia. Die Wände des ovalen Saals waren mit Spiegeln behängt, nicht gleichförmig, sondern von vielerlei Größe, mit schmalen Rahmen. Manche waren blind und gelblich, andere von kristallener Klarheit. Jede kleine Lücke war durch einen noch kleineren Spiegel geschlossen worden. Insgesamt ergab sich ein Meer aus Licht und verzerrten Reflexionen. In der Mitte des Saals stand eine menschliche Statue mit dem Schädel eines Schakals. Sie war schwarz vom Kopf bis zur Sohle und maß mehr als die Höhe zweier Männer. Ihre Glieder waren lang und dünn. Das Schakalhaupt mit seiner spitzen langen Schnauze schien herrisch auf die Kämpfer herabzublicken, aus schmalen, sichelförmigen Augen.

Die Statue war von oben bis unten mit tiefen Kerben übersät. Jemand hatte mit einer scharfen Waffe auf sie eingeschlagen, mit einem Schwert oder Beil. Nur der Kopf war unversehrt, so als hätte er alle Schläge unbeschadet abprallen lassen.

Der schlanke blonde Junge saß im Schneidersitz am Fuß der Anubisstatue und blickte seinen Feinden entgegen. Doch obwohl immer mehr Gardisten in den Spiegelsaal strömten, ruhte sein Blick nur auf Faustus. Er ließ ihn nicht aus den Augen.

»So sehen wir uns also wieder«, sagte der Junge leise, die Worte des Satans aus dem Mund eines makellosen Jünglings. Er folgte Faustus' Blick an der Statue empor. »Ich habe ihn um die gleiche Gunst gebeten, die er dir gewährt hat. Aber er hat mich nicht erhört.« Leiser, fast ein wenig betroffen wiederholte er den letzten Satz: »Hat mich nicht erhört …«

»Auf sein Abbild mit einer Axt einzuschlagen, hat Euch gewiss kein Wohlwollen eingebracht.«

»Sein Schweigen hat mich wütend gemacht«, murmelte Alexander, und fast gingen seine Worte im Schaben der Stiefel unter, als immer mehr Gardisten in den Saal drängten, um ihren Gegner mit eigenen Augen zu sehen.

Der Oberste der Männer trat neben Faustus. »Wir haben Befehl, ihn zu töten«, grollte er, ohne seine Augen von dem Jungen zu nehmen.

»So wie die letzten Eluciderii?«

Der Soldat blickte überrascht auf. »Ihr wisst über vieles Bescheid, Ketzer.«

»Nennt mich, wie Ihr wollt. Gewiss werdet Ihr nicht vergessen, dass ich unter dem Schutz des Papstes stehe.«

»Auch das ist mir bekannt. Und was die Engelsbrut auf dem Bauplatz angeht – jene, die noch übrig waren, sind tot. Die meisten hatte Eure verbrannte Freundin ohnehin schon erschlagen.«

Faustus wurde hellhörig, wandte sich aber wieder drängenderen Dingen zu.

»Ihr seid gescheitert, Alexander«, sagte er zu dem Borgia, der immer noch am Boden vor der Statue saß. Dann trat er bis auf zwei Schritte an ihn heran. Ein Murmeln ging durch die Reihen der Gardisten. Der sonderbare weiße Junge flößte ihnen Furcht ein. Faustus beugte sich vor. »Sie werden Euch in Stücke hacken«, raunte er dem Borgia zu. »Schade, ich hätte gerne von Euch erfahren, wie Ihr Eure Wiedergeburt zustande gebracht habt.«

Er blickte hinüber zur Spiegelwand, sah sich und den Jungen dutzendfach zurückschauen.

In *einem* Spiegel aber sah er ein Gesicht, das weder ihm noch Alexander gehörte. Er unterdrückte ein überraschtes Lächeln und richtete sich auf, drehte dem Jungen den Rücken zu, um zurück zu den Gardisten zu gehen.

Hinter ihm zog der Borgia ein langes Stilett unter seinen Beinen hervor, sprang auf –

– und dann geschah alles zugleich.

Die Soldaten brüllten auf, manche vor Schreck, andere riefen Warnungen an ihre Kampfgefährten. Faustus aber drehte sich nicht um, denn im selben Moment zerbarst einer der Spiegel, und dahinter kam eine schmale Gestalt zum Vorschein, zäh und zierlich, mit einem gespannten Bogen in den Händen.

Der Bogen war der des jungen Spiritus. Die Hände aber, die ihn hielten, gehörten einer anderen. Ebenso wie das Gesicht, das Faustus hinter dem Glas gesehen hatte.

Angelina ließ den Pfeil von der Sehne schnellen, und bevor das Stilett Faustus' Rücken erreichen konnte, durchbohrten Spitze und Schaft die Kehle des Borgia. Die Kraft des Aufpralls riss ihn zurück. Der Dolch klirrte zu Boden. Der Junge sank zu Füßen Anubis zusammen, während ein Blutfächer aus seinem Hals sprühte und sich die Kerben im Stein mit Blut füllten. Seine Augen brachen, sein Brustkorb erstarrte.

»Hierher!«, brüllte eine Stimme.

Es hätte ihrer nicht bedurft. Faustus wusste auch so, was er zu tun hatte. Wie von allen Teufeln gehetzt stürzte er auf den zerbrochenen Spiegel zu. In den Geheimgang dahinter. Zu den drei Umrissen, die sich darin abzeichneten.

Angelina ließ den Bogen sinken. Faustus tauchte neben ihr ins Dunkel.

»Angelina! Wagner!«, flüsterte er dankbar. »Und Spiritus.«

Zu viert stürmten wir davon. Nur einmal noch verharrte Spiritus, um ein Fallgitter herabzulassen. Dahinter blieb der Oberste der Garde zurück und mit ihm die wenigen Soldaten, die seinem Befehl gehorcht hatten.

Viel später krochen wir durch einen Schacht der alten Kanalisation ans Tageslicht. Vor uns lag das Ufer des Tiber, und ganz in der Nähe befand sich ein Steg mit Ruderbooten. Spiritus sprach mit einem der Bootsleute, eine Münze wechselte den Besitzer, und bald befanden wir uns zu viert auf dem Wasser. Faustus und ich ruderten, während Angelina nachdenklich zur Engelsburg blickte, die sich in einiger Entfernung als Umriss vor dem dunstigen Dächermeer des Borgo Leonino abhob.

»Wie seid ihr und Spiritus euch begegnet?«, fragte Faustus, nachdem ich ihm in Kürze berichtet hatte, was seid unserer letzten Unterredung im Gasthaus geschehen war.

Der weißblonde Junge, der dem toten Borgia so ähnlich sah, lächelte verschmitzt. »Die beiden haben reichlich dumm dreingeschaut, als sich neben ihnen plötzlich die Wand eines Flurs öffnete und ihnen jemand vor die Füße sprang.«

Prahlerisch hob ich die Stimme, trotz aller Erschöpfung gut gelaunt nach der gelungenen Flucht aus dem Palazzo. »Ich habe ihn erst für Alexander gehalten und wollte mich tollkühn auf ihn stürzen und ihn den Stahl meiner Klinge schmecken lassen, als plötzlich …«

Faustus lachte und winkte ab. »Ein tollkühner Recke warst du schon immer.«

Beleidigt legte ich die Stirn in Falten. »Habe ich Euch nicht aus dem Kerker zu Wittenberg befreit, Meister?«

»Und fraglos wirst du mich bis an mein Lebensende täglich daran erinnern.«

Spiritus schob seine Finger über Angelinas Hand auf dem Bootsrand. Ich bemerkte es mit einem eifersüchtigen Brennen in der Brust, doch Spiritus zog seine Hand rasch wieder zurück. Es war die Geste zweier Stiefgeschwister, die sich einst sehr nahe gestanden hatten, nicht mehr.

»Angelina hat mich erkannt. Sie hat Euren braven Schüler davon abgehalten, mich in Fetzen zu hacken.«

»So ist es«, grummelte ich.

Faustus lächelte noch immer. »Auf alle Fälle kamt Ihr zur rechten Zeit. Der Papst hat von mir verlangt, ihm Angelina auszuliefern. Ohne sie hätte er mich kaum laufen lassen – nun, vermutlich auch nicht *mit* ihr –, und Ihr habt mich aus einer misslichen Lage befreit.«

Düster blickte ich an ihm vorbei. »Wieder einmal.«

Lachend schlug er mir auf die Schulter. »Mach nicht so ein Gesicht, Wagner. Ich habe nie abgestritten, dass ihr beide mir mehr als einmal aus der Patsche geholfen habt.«

»Das will ich meinen.« Es sollte grimmig klingen, doch meine Laune hellte sich schon wieder auf. Als Angelina sich zu mir umwandte und mir einen aufmunternden Blick aus ihren magischen Augen schenkte, war meine gute Stimmung wieder hergestellt.

Wir gingen an Land, und der Junge führte uns über Schleichwege zu unserem Gasthaus. Während Spiritus und ich Wache hielten, suchten Angelina und Faustus unsere Sachen zusammen. In Windeseile verließen wir die Schenke durch den Hinterausgang, hinterließen dem Wirt einen Beutel mit Münzen und machten uns auf unseren Pferden davon. Bald schon würde es im Borgo nur so wimmeln von Gardisten, die die Gassen und Häuser nach uns durchkämmten.

Wir zügelten die Pferde erst wieder auf einem Hügel am Rande der Stadt. Spiritus war hinter mir aufgesessen und bat darum, hier abgesetzt zu werden.

»Rom ist meine Welt«, sagte er mit seinem starken Akzent, »und mir ist nicht wohl, wenn ich es länger als nötig verlasse. Ich will zurückkehren in meine Gassen und Tunnel.«

»Du könntest uns begleiten«, schlug ich vor, ehe mir einfiel, dass es wohl angebracht wäre, erst Faustus Erlaubnis für solch ein Angebot einzuholen. Doch ein rascher Blick versicherte mir, dass der Meister mir zustimmte.

»Der Papst wird uns von nun an noch gnadenloser hetzen«, sagte Faustus. »Wir könnten ein weiteres Schwert an unserer Seite gut gebrauchen.«

Doch Spiritus schüttelte den Kopf. »Ich fühle mich nackt, wenn mich keine Mauern umgeben, und ich brauche den Dunst der Stadt zum Atmen. Habt Dank für Euer Angebot, doch ich bleibe. Zum Römer hat der Borgia mich gemacht, und ein Römer will ich weiterhin sein.«

»Dann ist dies die Zeit des Abschieds.« Faustus schwang sich aus dem Sattel und fasste den Jungen an den Schultern. »Ohne dich wären wir vermutlich alle tot.«

Spiritus schaute verlegen zu Boden, grinste dabei aber heimlich. »War mir eine Freude. Ehrlich.«

Auch ich reichte ihm die Hand. »Ewige Freundschaft«, sagte ich weihevoll, und er erwiderte den alten Schwur: »Ewige Freundschaft, Zauberlehrling.«

Zuletzt umarmte ihn Angelina, und diesmal spürte ich keine Eifersucht, eher Trauer. Diese beiden, die so viel durchgemacht hatten, wurden nun erneut getrennt, vielleicht für immer. Spiritus flüsterte etwas auf Lateinisch, und Angelina nickte. Für mich hatte es geklungen wie: »Pass auf die beiden auf.«

Wir stiegen wieder auf unsere Rösser und galoppierten den Hang hinunter, winkten Spiritus ein letztes Mal zu, dann lag vor uns die Weite des alten Latium. Einmal glaubte ich aus dem Augenwinkel einen schwarzen Schemen zu sehen, der uns zwischen zwei Hügeln folgte, und als ich wenig später ein fernes Heulen hörte, wusste ich, dass auch Mephisto nicht fern war und über Faustus wachte.

Erst später, als der Abend anbrach, fragte ich den Meister: »Wohin reiten wir, Herr?« Wir waren erst ein Stück nach Süden und dann über eine Brücke in westliche Richtung geritten, so schnell wie möglich fort von der Stadt und den Schergen des Papstes.

»Wohin zieht es dich?«, entgegnete er lächelnd. »Zurück in die Heimat? Oder gen Süden?«

Ich brauchte einen Moment, ehe ich verstand. »Süden, Meister? Ihr meint …?«

»Die Wüste, Wagner. Die vergessenen Tempel unter dem Sand der Jahrtausende. Die alten Städte des Orients.« Und leiser fügte er hinzu: »Das Reich des Ersten unter den Magiern.«

Ich sah Angelina an, die ihr Pferd so nah neben meines brachte, bis sich unsere Knie fast berührten. Ihre Augen lächelten.

»Gen Süden«, sagte ich und ergriff frohen Muts die Hand, die sie mir entgegenstreckte. »Gen Süden, Meister.«

Nachwort des Autors

Als ich vor knapp fünf Jahren die beiden ersten Bände der Faustus-Trilogie schrieb, hatte ich gerade meine feste Stelle als Journalist an den Nagel gehängt und bis dato vier Bücher veröffentlicht, zuletzt die gebundene Ausgabe von *Der Rattenzauber.* Ich war fünfundzwanzig Jahre alt und keineswegs sicher, wie gut oder schlecht ich mich als freier Schriftsteller würde durchschlagen können. Ich begann mit der Arbeit an *Der Engelspakt,* dem ersten Faustus-Band, im Juni und beendete den zweiten Roman *Der Traumvater* Anfang August desselben Jahres, rund acht Wochen später. Als Journalist habe ich gelernt, schnell und zielgerichtet zu recherchieren, und das ist mir bei vielen Büchern zugute gekommen. Vor allem jedoch bei diesen beiden, denn gerade *Der Engelspakt* steht – vielleicht ein wenig wacklig – auf einem Berg geschichtlicher Fakten: Angefangen von der realen Figur des Doktor Faustus, über die Biographie Martin Luthers, bis hin zu Schauplätzen wie dem historischen Wittenberg und der Wartburg.

Bei *Der Traumvater* hatte ich mehr Freiheiten. Ich las vor allem Hintergrundmaterial über die Mythen und Legenden des Spreewaldes und eine Biografie Hieronymus Boschs (im Buch, der alten Schreibweise entsprechend, Jheronimus genannt). Ich hatte schon früher begonnen, mich mit der Götterwelt Ägyptens zu beschäftigen, mit ihren Kulten und Priesterschaften, und war schließlich sogar – in der Hoffnung, in einigen Büchern davon zehren zu können – nach Kairo gereist, von dort aus am Nil entlang bis hinab zum

Rand der Nubischen Wüste. In *Der Traumvater* hatte ich Gelegenheit, ein wenig von all dem einzubringen.

Die Bücher erschienen erstmals im April und September 1996. Ein weiteres war fest eingeplant, um die Geschichte um den Zug der Erleuchteten zum Abschluss zu bringen. Zeitgleich aber wechselte ich den Verlag, wandte mich neuen Projekten zu und schickte Doktor Faustus und seinen großmäuligen Adlatus Wagner vorerst in die Verbannung. Zu meinem Erstaunen meldeten sich bald schon die ersten Leser und forderten den letzten Teil der Geschichte, die meisten höflich, ein paar auch mit Nachdruck, doch es bot sich nie die Gelegenheit dazu – bis vor einigen Monaten.

Nachdem die beiden ersten Romane kürzlich in einem Doppelband unter dem Titel *Doktor Faustus* wieder veröffentlicht wurden, war endlich der Zeitpunkt gekommen, um die weiteren Ereignisse um Faustus, Wagner und Angelina zu erzählen. Die Geschichte stand in groben Zügen fest, doch nun gab es eine andere Hürde. Ich hatte damals, im Schreibrausch jener beiden Monate, einen ziemlich eigenwilligen Stil für den guten alten Wagner entwickelt, eine widersprüchliche Mischung aus Überheblichkeit, Naivität, abstrusen Wortfindungen und einem stellenweise bewusst überkomplizierten Satzbau. Bevor ich mit der Arbeit an *Die Engelskrieger* begann, war daher meine größte Sorge, Wagners Stimme wieder zu finden. In der Zwischenzeit hatte ich mehr als zwanzig Romane geschrieben, keiner in einem vergleichbaren Stil, und nun sollte ich, nach fünf Jahren und ein paar tausend Seiten, erneut diesem Schandmaul Wagner begegnen, dem Zauberlehrling, der sich nicht selten innerhalb eines einzigen Satzes vom Angeber in einen Angsthasen verwandelt.

Doch die Entwarnung kam nach den ersten Seiten. Ich merkte schnell, dass Wagner immer noch da war, so als hätte er die Jahre über nur darauf gewartet, mit seinen weiteren Abenteuern zu prahlen.

Seinen Bericht über jenes längst vergangene Zeitalter haben Sie gerade gelesen – vorausgesetzt Sie besitzen nicht wie ich die schlechte Angewohnheit, sich zuerst das Nachwort eines Buches vorzunehmen.

Den Freunden von Wagner und Faustus sei hiermit also der Abschlussband der Faustus-Trilogie präsentiert – und vielleicht auch der Auftakt zu weiteren Geschichten.

Mag sein, dass es irgendwann ein Wiedersehen mit unseren Helden gibt – spätestens im Land des Ersten unter den Magiern.

Kai Meyer, Mai 2000